JN223564

短編小説集　ひんやりした朝

目次

カルピスの味　1
駄々っ子　25
尾行　29
ママの外出　35
ダニーとその仲間たち　41
スカイラインの男　65
いるだけでいい　71
遺骨　77
雨、雨、降れ、降れ　111
スカイツリー　133
日月堂のアンパン　157
大雪に閉じ込められた一日　185
通夜　209
ひんやりした朝　241
あとがき　268
初出一覧　271

表紙画　もろ ひろし

カルピスの味

1

「さてと、今日は何をするかな」

岡本弥一は蒲団の中で呟いた。六時少し前だが、初夏の眩しい朝日がカーテン越しに入り込んできて部屋を明るくしていた。しばらく蒲団の中で寝返りを繰り返した弥一は両腕を枕にして仰向き、ぼんやりと天井を見た。

〈一枚一枚が寸分違わぬ模様をしているんだな〉

興ざめした気分で天井の杉板を眺めながら、何をというわけでも無く、ものを考えていた。定年退職をして三か月になろうとしていた。

けだるく起き出した弥一は、食パンと紅茶、それにゆで卵の朝食を済ませた。昨日は固ゆでになってしまった卵は、今日もやはり半熟にはならなかった。半生の冷たい黄身を啜るように飲み込んだ弥一はまた舌打ちをした。

「洋子のやつ、なに、考えてるんだ」

高い音を立ててマグカップをテーブルに置くと、弥一は妻の洋子に悪態をつきながら日経工業新聞をめくった。

三日前のことだった。

新聞を読みながら「おい、お茶」と妻の洋子に大声で言った。いつものことをいつも通りに言ったはずだった。

洋子は隣の部屋で掃除機をかけていた。聞こえないのかと思って「お～い、洋子」と呼んだ。返事も無いし、顔も見せなかった。

「おい、お茶だよ」

少し声を荒らげ、弥一はまた催促した。隣の部屋から「ご自分でどうぞ」と洋子が言った。とたんに弥一の怒りが爆発した。

会社では「岡本地雷」とあだ名されるほど短気な性格だった。隣の部屋に床を踏み鳴らせて入って行った弥一は、大きな眼をぎょろりと剥き、顔を真っ赤にして洋子を見下ろした。会社でこんな顔を見せたとき、部下や取引先の社員は顔を伏せ、嵐の通り過ぎるまでひたすら耐えた。

洋子もこれまでほとんど抵抗したことは無かった。しかし今日は違った。細い目ではっしと見返して言い放った。

「ご自分のことは、ご自分でやってみたら！」

その瞬間に弥一の右手は洋子の頬を打った。それでも遠慮したのか、さほど強くは無かった。少しよろけた洋子は弥一をキッと睨みつけてから台所に行ってお茶を入れ、無言のままテーブルに置き、そのまま外に飛び出して行ってしまった。それっきり三日たっても戻ってこなかった。

なぜ妻があんな態度をとったのか､弥一にはさっぱり分からなかった。弥一には良い妻であった。従順な妻だったと思う。洋子がいたからこそ仕事に没頭できたし昇進もした。上場企業の取締役になれたのは洋子が彼の望む通りの妻だったからでもある。

〈俺は感謝している。だというのに、あの態度は許せない〉

弥一はもやもやした思いでその三日を過ごしていた。洋子の実家や娘の弥生の家にそれとなく探りの電話を入れてはみたが甲斐も無かった。洋子の友人の名前など知る由も無かった。妻の私生活はまったく知らなかったのである。

「おはようございます！」と甲高い声がした。

隣の奥さんだと知った弥一は舌打ちをした。嫌いな女だった。

「はい、ただいま」と言いながら玄関の戸を開けると、目の前に彼女がいた。

「回覧版です。お願いします」と手渡しながら、彼女は家の中を覗こうとした。

弥一が遮るように動いた。

「奥さん、ここしばらく見えないけど、具合でも良くないんですか」

余計なお世話をと思いながらも、「ちょっと実家の母の具合が悪くて」と弥一はそつなく答えた。

「そう、そうなんですか。たいへんですねえ。お大事に」

奇妙な笑みを浮かべて彼女は帰って行った。

2

弥一は新聞を読み終わると、すぐに着替えて家を出た。家にいるとろくなことが無い。今日は川田製作所に行ってみようと決めて車を走らせた。

退職する前の弥一は、埼玉県北部のひとつの町をすっぽり包んで企業城下町としてしまった北関東電機の生産管理担当取締役であった。係長時代からこの部署で仕事をしてきており、取引先の生産計画も管理していたので、その社長たちとは親しくしてきた。

待つほども無く川田社長は応接室にやってきた。

「これは、これは、岡本取締役、こんなところまで、わざわざ恐れ入ります」

川田社長はいつもと変わらない笑みをたたえて挨拶をした。退職した今でも「取締役」と呼んでくれることに弥一は満足した。

弥一が話題を主導しながら世間話から電機業界の展望まで話し込んだ。川田社長はいちいち頷きながら話を聞いていたが、時折「失礼します」と言い残して席を立った。応接室の窓越しに工場の方から呼ばれるらしかった。その度に弥一は気分を害した。自分を一人にしたまま席を立つなどということは今までされたことが無かったからだ。それでも彼がすぐに戻ってくるので何も言わなかった。

「たまには、ゴルフでもどうかね。山元社長と一緒に」

弥一がさりげなく言った。

「ああ、それはいいですね。芝生も青々してきて、さぞかし気持ちがいいでしょうねえ」

川田社長は頷きながら少しトーンの落ちた声で答えた。そしてすかさず言葉を継いだ。

「北関東電機さん、業績絶好調ですね」

弥一は自慢するようにおおように頷いた。本音で嬉しかったのである。

「このごろ注文が多くて、私ら、うれしい悲鳴を上げているんですよ。毎日残業、毎週休出です。これも取締役のお陰ですよ」

川田社長は抜かりなく弥一を持ち上げた。

「それは良かったな。儲けられる時には目いっぱい儲けてくれ。浮き沈みがあるからな」

現役の取締役のような物言いで弥一は答えた。

「ええ、ええ。そうなんですよ。だから最近じゃ、社員が悲鳴をあげ出したんで、私も現場で仕事する羽目になりまして、休み無しですよ。クタクタですけど、ありがたいことだと思って、北関東電機さんには感謝しているんです」

「そうか、そりゃ大変だな、社長自ら現場作業か」

弥一は笑顔で言ったもののすぐに興ざめした顔になり、抑えきれない不快感を目もとに滲ませた。

川田社長はうまいことゴルフの誘いを逃げたのだ。

弥一はすぐに席を立った。いい加減にあしらわれた事で今にも爆発しそうだったが、ようやくにこらえて車に乗った。

川田社長は事務所の出口で「こんどまた是非」と見送ったが、以前のように弥一の乗った車が会社の門を出るまで最敬礼で見送ることは無かった。すぐに事務所に消えたことをバックミラーに見た弥一はハンドルを叩いて悔しがった。

苦虫をかみつぶした顔で家に帰ると娘の弥生がクローゼットから洋子の衣類を選び出していた。下着らしいものが見える紙袋が二つ足許に置いてあった。

「何してるんだ！」

怒った時の大声だった。

「ご覧のとおりよ」

弥生が淡々と答えた。思春期の頃から弥一に鋭く反抗し、それこそ幾度も頬を叩かれたが、怯えることも折れることも無く弥一と対等に渡り合った。そしていつも母の洋子の味方だった。

「母さんはおまえのところか」

「そうよ」

ロングスカートをたたみながら、顔も上げずに弥生は答えた。

「帰ってくるように言っとけ」

弥生を見下ろしながら弥一は言った。

「帰るわけ無いじゃない。だから必要なもの、取りに来たのよ」

素っ気無く弥生は答えた。

「馬鹿が。なに考えてるんだか」

弥一がそう呟いたとたんに弥生は手を止めて父を睨み上げた。

「どっちがよ。お父さん、とんでもない考え違いしてる。お母さんのこと、少しも大事にしてない、あたしのこともだったよね。お父さんが大事にしてるの、自分だけ。そのこと、お父さん分かってる？人の気持ちなんか考えたことも無いんでしょ？　会社辞めてから、毎日家にいるお父さんと、よく三か月も耐えられた。そうじゃない？　そう思わない？」

「母さんが家のことするのは、当たり前だろうが。父さんの世話するのが、当たり前だろう。何が考え違いだってんだ」

「家のこと、するわよ！　言われなくたって。だけどね、父さん、召し使いじゃないの、あたしたち女は。ありがとう、なんていう一言でも母さんに言ったことあるの？　無いでしょ。あるわけない」

弥一は黙ってしまった。図星だった。当たり前のことをいちいちありがとうも無いだろうと思ったが、今はうまくないと思ってそれは言わなかった。

「お母さん、帰らない。覚悟しといたほうがいいわよ」

そう言い残して弥生は帰っていった。

玄関の戸を閉める時、弥生は弥一の名前の一文字をもらったことを恨む言葉を残していった。その一言が弥一には応えた。弥生が産まれた時には手放しで喜んだものだ。だから迷い無く「弥」の一文字を名前に入れた。その弥生にそれを恨んでいると言われて心に重い衝撃を受けた。

洋子からも弥生からもそれから何の音沙汰も無かった。

家の中はコンビニの弁当やスーパーのパックなどがごみになって散乱した。洗濯物が積み上げられ、それも崩れ落ちて床に散らばってしまった。夏の暑さの中で家の中に異臭がただよい始めた。

弥一は何をどうしていいのかさっぱり分からなかった。シャワーはなんとかなったが、その他のことは何も出来なかった。何もかもが洋子任せだったのだ。

日がたつにつれて弥一の気持ちは荒み、洋子への恨みが強くなっていった。

〈何でこんな目にあわなければならないんだ、頑張って働いてきた俺が、何でこんな仕打ちを受けるんだ〉

どんな形でもいいからお父さんなりの表現で感謝の思いを言ってあげてよと弥生は求めたのだが、弥一には理解出来ていなかった。

「洋子にいちいち、ありがとう、なんて言うのか。馬鹿な！」と弥一は苛々しながら幾度となく呟いた。

洋子がいなくなってからの弥一は毎日暗くなるまで家に帰らなかった。

車を走らせ「珈琲館」で朝食を取り、新聞や雑誌を読んで午前十一時頃まで過ごし、あちこちの蕎麦屋を訪ね歩いて昼を食べ、午後はむかし面倒を見た取引先を巡り歩いた。時にはもといた職場を訪ねることもあった。弥一は他に何処に行っていいか分からなかった。

趣味もゴルフくらいしかないが、毎日コースにひとりで出かけるわけにもいかない。連れが見つからなかったのだ。はじめのうちこそ会社の定年退職者に声をかけてワンパーティーを組んで行くことがあったが、次第に疎遠になっていった。会社での上下関係を持ち込んだ弥一の言動が原因だった。

会社を辞めた直後に「地元の人たちの趣味の集まりがあるから行ってみたら」と洋子から勧められ、カラオケの会に顔を出してみたが、一か月もしないうちにやめてしまった。馬鹿馬鹿しいのである。緊張感の無い顔をした老人や女たちが無意味な世間話や噂話をしていることに苛立ち、そんな彼らは二束三文の扱いで弥一に接し、時に弥一が意見でも言おうものなら反感と無視を露わにした視線を向けるからであった。馬鹿にするなという思いを弥一は強く抱いた。

弥一は知る由もなかったが、こんな対応をされるのも会社での肩書を無意識のうちに匂わせた弥一の言動が原因だった。

散歩をして公園のベンチで時間を過ごすこともひどく無意味に感じられた。昼間の公園に行き、ベンチにぽつんと座っていると、自分が世の中から見棄てられたような遣る瀬無さがあったからだ。この町を支えている大企業の役員だった俺だ、という思いが無為に時間を過ごしている自分を許さなかった。

もちろん辞める前に人事部を通して取引先や子会社への再就職を試みた。しかしうまくいかなかった。再就職先の社長達が彼の受け入れを逃げ回っている理由が、彼の能力ではなく人間性だということを人事部の担当は弥一に伝えなかった。理由を伝えたあとに想像される弥一の反応を担当者がおそれたのだ。危険が大きすぎると判断したのだった。

取引先に何を言うか分からない。自分が何を言われるか分からない。

それを知らない弥一は人事部が怠慢で本気になってくれないと歯軋りした。しかし役員の体面もあるので、駄目なのかと諦めて何も言うことは無かった。やせ我慢してしまったことを弥一は今更ながら後悔していた。

3

弥生の家の居間から洋子は庭に咲き乱れている夏の洋花を見詰めていた。全体がイングリッシュガーデン風に仕立てられ、眺めているだけで傷み疲れた心が休まった。芝生の上に枝を張ったハナミズキの木陰に置かれた白いテーブルで、弥生の夫の裕一郎と三人でお茶を飲むこともあった。七歳と四歳の孫も一緒だった。眼差しの穏やかな裕一郎は言葉やわらかく弥生や子供に語りかけた。そんな仕草が弥生の家庭の穏やかな雰囲気をかもし出していることを洋子は今更ながら思い知った。

この裕一郎と同じように弥一も洋子や弥生に語りかけていた時期があったが、それは遠い日のことになってしまった。いつからか家族三人が一緒に過ごす時間が無くなっていた。

花たちが風に揺らいだ時、洋子は家事など何もできない夫はどうしているだろうと思った。家を出てから洋子は夫がどんな生活しているんだろうといつも案じていた。

「お母さん、またお父さんのこと考えてるの？」

弥生が冷たいカルピスを持って洋子の横に座った。

「はい、どうぞ。これ、子供の頃の思い出の味。お母さんの味なのよ」

氷の音を涼しく鳴らせて弥生は言った。

「そうだったねえ。よく作ってあげたっけ」

「お父さんの思い出は、あんまり無いなあ。血走った声かな。命令したり、叱りつけたりする声ばっかりだ。つまんないね」

年の割には老けて見える洋子の横顔は悲しそうだった。

「お父さん、来ないよ。迎えになんか来るはず無いよ。もう諦めて、ここであたし達と暮らしたら？　裕一郎さんもいいって言ってるし。それに裕香も大樹もおばあちゃんと一緒にいたいって言ってるんだから。ほっとけば、お父さんなんか」

「でもねえ。そんなわけにもねえ。あんたも、あんまりお父さんのこと、ひどく言わないでよ。あんたのお父さんなんだから」

どうしてあんなひどい父さんをかばうのだろうと母が転がり込んできてからずっと弥生はいぶかっていた。

母の言葉や表情には父を心配している様子が見て取れた。愛しているのかなあと思った。そうなのかもしれない。でも、どうしたら、あのお父さんを愛せるっていうのという疑問を弥生は解決できなかった。

やれやれという顔をして弥生は立ち上がった。

洋子が家を飛び出したのはほんのはずみだった。弥一が毎日家にいることに不慣れで、この三年の間に経験したことの無い疲れがたまり、体調も悪くなって心の安定を欠いていた。思わず飛び出してしまい、夕方まであちこちで時間を潰していたが、暗くなってきたら、戻りたくても戻りにくくなり、まさか実家には行けず、弥生の家に厄介になったのだった。

すぐに帰ろうと思ったのだが弥生にきつく止められた。「お灸を据えてやればいいのよ」と言われ、「明日、着替えとってくるから」とまで言われてその言葉に従ったままもう二週間になっていた。これほど長くなったために今度はどうにも帰りにくくなった。きっかけがあれば帰りたかったのだが弥一から音沙汰は無かった。

4

北関東電機の生産管理部の事務所に入って、弥一は「よおっ」という風に手をあげた。眼の合った元部下の若い社員はこくんと頷き、慌ててパソコンのキーボードに顔を伏せた。弥一は「ちっ」とかすかな舌打ちをした。初めのうちはそうでもなかったのに、ここ一か月ほどで会社の事務所の様子が弥一に冷たく感じられてきた。

弥一は部下だった益田部長の机に向かった。益田は弥一が目をかけて次長にまで引き上げた男だった。弥一の退職した直後から部長職にあった。

「よう、益田君、元気か」

益田部長が顔を上げた。「ええ、はい」と答えたが、困ったなという感触があった。弥一はそれを無視して会社の状況を聞きはじめた。益田は手で制して「あちらで」と目を向けた。部長席の横隣に応接室があるのだが、今日は簡易間仕切りで仕切られている来客用のテーブルが十ほど並んだ場所を指差した。

人目から遠い場所に案内した益田が自販機からコーヒーを二つ買ってきた。

「すいませんね、最近はセルフサービスになりましたから」

感情の色を見せない平坦な口調で言いながら弥一の前に紙カップを置いた。

「なかなか厳しくなったんだな。ところで山内は常務になったんだって？」

出世と業績を競ってきた二年後輩の山内常務の動向を弥一は聞きはじめた。聞いたところでどうなるわけでもないのだが、ひどく気になるのだった。

益田は困ったなという顔をしながらぽつぽつと答えていた。益田はいま山内常務に取り入る工作をしていた。たとえ退職しているとはいえ、元は犬猿の中の弥一と二人で話し込んでいるところは、できることなら見せたくなかった。

十五分もした頃、女子社員が「電話が入っています」と益田を呼びにきた。渡りに船とばかり「すいません、ちょっと」と言いながら益田は席を立った。

かなり待たされた後、戻ってきた益田が「問題が出まして、すぐに出かけることになりました。また改めて」と言って去っていった。

「やりやがったな」と弥一は思った。話したくない上司に自分もさんざん使った手だった。そうと分かっていても、今の弥一にはどうすることもできなかった。

弥一は帰って行くほか無かった。事務所を通り抜ける弥一の背には「いい加減にしろよ！」という無言の冷笑が浴びせられたが、彼は気づかぬ振りをして昂然と顔を上げて出口まで歩いた。ふつふつと怒りが湧き上がって来たが抑えるしかなかった。

食堂棟の近くの芝生脇のベンチに腰を掛け、弥一は行きかう人を眺めていた。会社にいた頃はこんなところに腰掛けるなどしたことも無かった。昼食は役員食堂で十分もかけたことが無かった。すぐにデスクに戻って仕事の段取りをしたり、値下げ交渉の作戦を練ったりしていた。ここの芝生がこんなにきれいだったとは知らなかった。

社員は男も女も皆同じ色の制服に身を包まれていた。

その制服の明るい緑色は弥一にも他の社員にも誇りの色だった。その制服を着て町を歩くことは誇らしかった。夜の接待の場にもその制服のままで行った。その制服ゆえにクラブの女たちにはちやほやされたものだった。しかし、社員の不祥事が続き、制服のままで夜の街に繰り出すことがご法度になった。それを弥一ら古参の者たちは一様にひどく残念に思ったものだった。

その制服を着て弥一の目の前を歩いてゆく社員の顔は無表情に見えた。なぜか分からないが皆が無表情に見えた。出入りの業者も営業マンも似たりよったりの、まるで爬虫類の動物の表情に見えた。

俺と違って仕事をしているのに何故なんだと弥一はいぶかった。

「仕事は俺には楽しかった、生きがいだった。あいつらはそうじゃないのか？」思わず呟いた弥一は、まさか俺も、仕事に没頭していた毎日、あんな顔をしていたんじゃないなよと思った。

遠くに山内常務と益田部長が歩いているのが見えた。弥一は顔をそむけた。あいつらには見られたくないと思ったのだ。

しかし彼らは弥一にはまるで無関心だった。当面の問題と目の前にいる人間にしか関心が無いようだった。そしてその表情にはやはり感情や人らしさが見えない爬虫類の顔だった。

この奇妙な体験を理解しきないまま弥一は家に帰っていった。

家の中は気分が悪くなるほど乱雑だった。洋子がこんなことしたら平手の一発では済みそうに無かった。

弥一は自分だから許してしまっているんだと知った。自分には甘いんだなと知った。以前はそんなことを思ったことも無かった。人にも自分にも同じように厳しく接していたはずだった。それは思い違いだったかもしれないと弥一は考えはじめていた。

5

「あら、お父さん、居たのね。ちょうどよかった」

弥生の声が背後でした。追いかけるようにため息交じりの声がした。

「あらあら、あら、ひどいことになっているのね、この家は」

弥一は恥ずかしさで居たたまれなくなった。

弥生は手近な所から片付けはじめた。思わず弥一も手伝い始めた。びっくりした弥生は手を止めて弥一を見た。父が片付けを手伝う様子をはじめて見たからだった。しかし、弥生は何も言わず、弥一に分別方法を教えながらごみの山を処分していった。

小一時間すると家の中はきれいに片付き、洗濯機の回る音がしていた。

弥生は氷を入れた水を持って来た。

「何にもないから、これでがまんしてね」と言って弥生はその水を一気に飲み干した。

弥生は「ああ、おいしい！」と声をあげた。弥一も同じように一気に飲み干した。うまかった。今まで味わったことの無い水のうまさだった。

「お母さんが心配してるのよ。ひとりで大丈夫かって。ほっとけ、ほっとけ、って言っているんだけど、納得しないの。で、偵察に来たわけ。やっぱ、ひどいね、男のひとり暮らしは。なぁんにも、できちゃいないのね」

「余計なお世話だ。ほっといてくれ。死にはしないさ」

「そりゃね、これくらいじゃ死なないわ。けどね、いい加減、意地張らないで謝ったら。お母さんだって帰りたいのよ。きっかけが欲しいのよ」

「なら、母さんが謝ればいいだろう」

「何を謝れって言うの？　なんにも悪いことしてないのよ」

「父さんを放り出して、勝手に家出した事が悪くないって言うのか！」

「もともと、父さんがまいた種よ」

　弥一は黙った。このまま延々と弥生と言い争っても仕方ないと思った。旗色は自分に良くないと分かり始めていた。自分がさんざん面倒を見たつもりだった益田部長や事務所の部下たち、取引先の社長たちや会社の仲間たちからひどい仕打ちにあい、弥一にもようやく分かってきたことがあった。面倒をみて来た弥一に、誰一人本気で感謝していない。肩書を失った弥一を虫けらのように扱い始めている。四十年の間に積み上げた実績がごみ以下の扱いにあったのだ。ごみ以下に扱われる立場になってようやく分かることがあった。感謝や思いやりのかけらも受けられない者の切なさ、憤り、悔しさが弥一にいま分かってきたのだ。

　洋子に対する自分の仕打ちがそうだったのかもしれないと妻の心情が少し分かり始めていた。しかし洋子の家出を認めて許すにはまだ抵抗もあった。

　弥一の心が右に左にきしみ始めていた。洋子を許すことは自分の半生を否定するような思いもしていたのだった。

「お母さんはね、心配しているのよ。帰りたがっているのよ。どうして帰りたいのか、私には理解できないけどね。お母さんの気持ちも汲んであげてよ」

弥生はこう言い残して帰っていった。

6

翌日から弥一は家を出なくなった。ぼうっと考え事をして一日を寝転がって過ごした。少しずつ、しかし確実に、また家の中が散らかり放題になっていった。しかし、弥一があまり食事をしなくなったので悪臭は前ほどではなかった。

ときどき電話がかかってきた。洋子への電話ばかりだった。弥一の知らない洋子の生活がだんだん分かり始めてきた。

フラワーアレンジメント、子どもたちへの本の読み聞かせの会、単身老人への給食の配布や調理などさまざまなところから連絡が入った。皆一様に洋子が居なくなって困っている様子だった。地域社会の中で洋子はしっかりと足場を作っていたことが知れた。

意外だった。意外と思うほど洋子の生活や思いに無関心だったと思い知ることになった。弥一はかかってくる電話に丁寧に応答をして、弥生の家の電話番号を教えた。

　暑さが厳しくなってくる頃、弥一はとうとう起きられなくなった。気力も体力もすっぽりと抜け落ちた感じがした。どうでもいい、このまま死んでしまおうとさえ思っていた。

「おじいちゃん、どうしたの？　病気なの？」

　突然降って来た裕香の声で弥一ははっと目覚めた。大樹が大きな瞳をきらきらさせて心配そうに弥一の顔を覗きこんでいた。弥生が両膝をついて弥一の額に手を当てた。

「熱がある」

「熱があるの？　おじいちゃん、辛いね、辛いね」

　大樹は弥一の手を取って慰めた。四歳の子どもの純粋な優しさがあった。弥生が氷の入ったビニール袋をタオルで巻いて持ってきた。弥一の額に乗せたそのビニール袋を七歳の裕香がずり落ちないように両手で支えてくれた。

　小一時間ほどしてから弥生は弥一に着替えをさせた。そして日曜当番医に連絡を取ったから行こうと言った。弥一は頷いた。病院が大嫌いの大樹に弥生はちゃんと説明をしてから弥一を起きあがらせた。

「さ、あんたたちも一緒に行くのよ。おじいちゃんを診てもらうのよ」

　病院で診察を受けて栄養点滴をした。その点滴室に真っ青な顔をした洋子が飛び込んできた。はあはあと音を立てて息を吐き、弥一の顔を黙ったまま見つめた。そして涙を零した。

「ごめんなさい。ほんとにごめんなさい。ほっといてごめんなさい」

三度ごめんなさいと言って洋子は両手で覆った顔を伏せた。弥一は洋子の顔を見上げて言った。

「いや、いや。そうじゃあない。俺が悪かったんだ。俺が分かっていなかったんだ。すまなかった」と言い、間を置いてから弥一は「洋子、ありがとう」と言った。ぼろぼろと涙を零したまま洋子が弥一の手を握った。弥一もやわらかく握り返した。

夕暮れ時に洋子と二人でタクシーを使って家に帰ると弥生が家中の片付けを済ませ、裕香と大樹の三人で待っていた。孫たち二人は「良かったね、おじいちゃん、元気になったね」とまとわりついてきた。

「お父さん、いくらかの鬱と、いくらかの栄養失調だって」

洋子が笑みを含んだ声で言った。

「お父さんたら、心配させないでよね。まったく」

子供を叱るような顔をして言った弥生は、弥一がソファに座るとびっしりと水滴のついたグラスを持って来た。

白濁した水の中で氷が涼しい音を立てた。

「お父さん、覚えている？　これ、カルピス。お母さんが入院したときに、お父さんが私に作ってくれたことがあったのよ、あたしが七歳の時のこと。わたし、忘れていないのよ、あのときの味。

お父さんありがとうって言ったことも。とってもうれしかった」

「ああ。あの頃は、そうだな、まだそんなことも出来ていたな。いつからかな、しなくなったのは。いつからだったろう、お父さん、みんなと違う電車に乗っていったのは？」

「お母さんと、おんなじ電車で、各駅停車で行ってね。これからは、ゆっくり、ゆっくりね」

「ああ、そうしよう。みんなとはぐれない様に」

グラスを見詰めていた弥一はそう言ってから、弥生が作ってくれたカルピスをゆっくりと飲み始めた。

駄々っ子

荻窪駅前のカウンター席だけのラーメン屋はごった返していた。夜の寒いなか、席が空くのを外で待つ人たちの視線がゆかりの背に刺さっていた。空席を一つ取ってもう二十分も祥次の来るのを待っていたのだ。調理人の目がゆかりを強く咎めたときに彼が来た。皮肉のこもった「らっしゃあい！」の声が三つ、ほとんど同時に上がった。

「何だよ、頼んでないのかよ」と祥次の尖った声がゆかりを責めた。「だって、冷めちゃうじゃない」と小声で答えるゆかりに、「すぐ行くって言ったろうが」とさらに険悪な口調で言った。隣の席の五十歳くらいの二人のサラリーマンが祥次を睨み付けた。不機嫌にゆかりを見咎めている彼は全く気がつかなかった。（あの人達と口喧嘩にならないで）と祈りながら、ゆかりは笑顔で「ごめんね」となだめ、「焼きそばと餃子だよね」と祥次に確認した。不機嫌に頷いたあと「言っておいたろ。書いとけよ、忘れるんならさあ」と祥次はあたりにお構いなく声を荒らげた。

「はいよ」っと二人を遮るようにしてビールが差し出された。ゆかりが急いでグラスに注ぐと、祥次は不味そうに一気に飲み干し、グラスを荒っぽくカウンターに置いた。連れが来たらと注文しておいたのだ。ゆかりはほっとした笑顔で空になったグラスにビールをつぎ足した。

ぐずぐずと小さな文句を言い募る祥次に狭い店内には不愉快な空気がただよい始めた。彼の心を逆なでしないよう、そのひと言ひと言に笑顔を交えて答えていたゆかりは、（何か食べるもの来て！早く！）と祈っていた。

付き合って一年半になる。祥次はまだ三十歳を過ぎたばかりだが、アンティーク家具や小物をネット販売する会社を立ち上げて成功していた。そこに派遣されて彼と知り合ったのだ。スタイルブックに出てくるようないい男だが、いつも満たされない子供のように駄々をこねた。その子供っぽさが純真に見えるのでゆかりは彼が好きなのだが、友人たち全員が「ばっかみたい。ゆかり、あんた不幸になるよ！」と言って無理にも別れさせようとした。それを知った祥次は彼女たちを烈しい口調で責め立てたから、あっという間に総すかんを食ってしまった。ゆかりはそんな彼の一途さをうれしく思い、さらに愛情を深めたのだった。友人たちは「どうかしてるわ」と匙を投げてしまった。

自分といる時にだけ祥次は安堵しているとゆかりは肌で感じていた。だから甘えてわがままを言い、駄々もこねたくなるのだと分かっていた。七歳も年下のゆかりにそんな子供っぽい愛情表現をして安らいでいるのだと思うと愛おしいのだ。そうは言ってもゆかりが彼の振る舞いに傷つかない訳ではなかった。部屋で泣き崩れたこともあった。これってただの母性愛かなあと思って悲しんだこともあった。男と女の恋愛でないかもしれないと思うと辛かった。今ではそれでもいいかなと思い始めている。

「お待ち！」と焼きそばがカウンター越しに差し出された。祥次はそっぽを向いていた。待ちかねていたゆかりがすかさず受け取って彼の目の前に置いた。彼は背を丸め、皿に覆いかぶさるようにして、いかにも面倒くさそうに食べ始めた。ゆかりは「ほおっ」と息を漏らしてその姿を横目で見た。

「ほら、うまいぞ」と言って祥次が箸でつまんだ焼きそばをゆかりの目の前に差し出した。ゆかりは「ありがと」と言って箸に揺れる焼きそばを口に入れた。（やれやれ、やっぱりだった。おなかが空いてたんだ）と思ったゆかりは「うふっ」と笑い声を出した。「何だよ！」と祥次が咎めた。さっきの尖った声ではなかった。「別になんにも」と言って、ゆかりは受け取ったラーメンのスープを掬い取った。やっと味が感じられた。

酔いがまわり空腹も満たされた祥次は、大口のお客と新しい商談がうまく進んでいることを得意満面な語り口で話し始めた。ゆかりは嬉しそうにその話を聞いていた。仕事の話をしてくれる祥次がゆかりは好きだった。夢を語る祥次が大好きだった。「失敗するに決まってるよ、あんなに駄々っ子なんだから」と友人たちは心配してくれている。それでも良いとゆかりは思っていた。

「そのときよ！　祥次にわたしがいちばん必要なのは！」と今はひるまずに言える。

店が空き始めてきた。さっきまでの剣呑な空気が緩んでいた。今日はクリスマス・イブだ。友人たちは新宿やお台場のホテルで恋人とディナーをしているだろう。でもホテルのフレンチよりこのカウンターのほうが幸せだとゆかりには素直に信じられた。

「毎度、ありがとうございやしたぁ！」という快活な声と一緒に送り出されたゆかりは外で待つ祥次にすっと寄り添った。

尾行

「まじかよ！」とヒロキが叫んだ。「うっそぉ」とエッコの声が重なった。僕が探偵社の入社面接を受けて仮採用になったと話したときだ。「明日が出社初日だから、もういままでみたいに遊べないよ」と言って別れた。

「いつまでふらふらしてるんだ」と親父に怒鳴られた夜、コンビニの入り口で求人誌を手にして初めに目に付いた募集が「山の手探偵社」だった。出社した日に紹介されたのが僕の上司になる江成さん。やさしい顔をした四十歳くらいのおじさんだ。どうやらここは浮気調査が中心らしい。面白そうだなと思った。スリリングな気がして心が踊った。

「さあ、でかけるぞ！」と言って江成さんはジャンパーを羽織った。慌てて僕も上着を着た。黒のリクルートスーツを江成さんはじろっと見て、まあいいかという顔をしたから、本当はあまり良くないみたいだ。明日からはデニムにスニーカーでいいやと思い、ああ良かったと安心した。スーツは窮屈で嫌いだ。

連れて行かれたのは中央線の高円寺駅だった。改札を出たら江成さんが鋭い視線であたりを物色した。物色する人の目を僕は初めて間近に見て怖いと思った。

江成さんは僕に「あいつを尾行してみろ！」と耳打ちした。

「ええ？　尾行？ですか」と僕が言うと「尾行だ」と江成さんは短く答えた。

あるとは思っていたけど、何も教えないで初日からかよと口を尖らせそうになったとき、親父の不機嫌な顔が浮んだ。しかたなく僕は「はい」と答えた。

相手は五十歳くらい。デニムに艶々した黒ジャケットをラフに着こなし、なかなか決まっている男だ。僕は見様見真似で尾行し始めた。少し後から江成さんがついてきた。僕が尾行されている嫌な感じがした。

住宅街に入る前に男は後ろを見た。ドキンとした僕は隠れる間もなかった。油断した。その時には江成さんの姿は見えなくなっていた。

その後は映画さながら塀や電柱や駐車している車に身を隠し、われながらうまく追尾した。時々後ろを確認するからこの男は胡散臭いと思った。江成さんは、「注文された調査じゃないからな、気楽に行け！」なんて言ったけれど本当かなと思った。

込み入った道だし、知らない地理だし、僕はぐっしょり汗をかいて、それこそ必死で尾行した。角をふいに曲がられると見失うのだ。二回ほど見失った時にはそれこそ慌てた。男はあちこちに方向を変えるが、この方向に行きたいんだと分かった時、僕はやったぜぃとガッツポーズをして思わずにんまりした。

男の歩調が急にゆっくりになった。ポケットを探ってキーの束を取り出したのが見えた。近いなと直感して僕はまたにんまりした。僕には才能がある！

少し広い道に出てから男がクイっと左に曲がったとき、僕は嫌な感じがした。後に江成さんは見えない。僕は足早に角を曲がって唖然とした。

「いないよ！　どこにも見えない！」

真っ直ぐな広い道の左右には大小のマンションが立ち並び、少し先の公園のところに右にゆく広い道が見えるが、あたりには誰もいない。焦った僕はその真っ直ぐな広い道をとにかく走った。途中から下り坂になっていたから、それで見えないのかと思ったのだ。しかし坂の頂上に行っても人っ子一人見えない。

無我夢中で走って引き返した。そしたらあの男が公園の陰からヒョイと出てきて、僕を睨みつけたまま真っ直ぐに歩いてきた。僕の背筋が凍った。

男に前を立ち塞がれた僕はドキドキして公園の角を曲がった。男は追尾してくる。殺されるかと思った。そんな形相だった。男の手は茶色の大きなかばんの中で何か握っているみたいだ。

ナイフ？

そう思った僕はマンションの狭い駐車場に追い込まれた。恐怖で震え上がったとき男はにやりと笑った。僕は頭が真っ白になった。その男を突き飛ばして走った。男も走ってきた。百メートルほど走って振り返ると、男はまだ追いかけて来た。

「殺されるよ！　やだよお！」

叫び声を上げた僕は足がこむら返りするくらい懸命に逃げた。

ようやく駅に逃げ戻ると江成さんが待っていた。ほっと力が抜けた。江成さんはニヤニヤ笑って「どうだった？」と聞いたから「失敗です。すいません」と答えた。「だよな、まあ、良く頑張った」とまだ笑いをこらえるみたいにして言った。

あの不様な失態は絶対に話すまいと僕は決心していた。

「まあ、飲めや」と江成さんはマックのアイスコーヒーを差し出した。「すいません」と言って飲んだその一口はおいしかった。あんなおいしいアイスコーヒーは初めてだった。

突然後ろから肩を叩かれた。振り返るとあの男が立っていた。「ギャ！」と叫んで僕はカップを落としてしまった。道に跳ね返ったアイスコーヒーが僕の靴の中に飛び込んだ。江成さんとその男は身を折って笑いをこらえていた。

僕の胸を軽く叩いて江成さんが言った。

「ぼうや、これ、尾行の研修だよ」

ママの外出

朝の十時頃、大あくびをしながら僕はリビングへ下りた。ママはお出かけの様子だ。ばっちり決めていて、けっこう魅力的だ。僕はママを相手に尾行の練習をしようと決めた。

行き先はイタリアンのランチバイキングだった。六十歳を超えたくらいの教養のありそうな男が、笑顔をまんべんなくふりまきながらも、ママの隣に座っている女の人に濃い視線を送っている。何かピンと来たものがあったからその二人を尾行しようと思い、店の外で二時間も待っていた。ところが店の出口で男は皆と別れてしまった。僕はがっくりした。

残された女三人は地下の喫茶店に入った。

ばかばかしいから帰ろうと思ったが初志貫徹だ。柊所長から「探偵は最後まで見極めなければだめよ」と怒られたばかりだ。見つかってもいいやと覚悟し、僕はママのすぐ後ろの席に座った。ママは少しも気がつかない。やったぜと思ったけれど、新聞を隅々まで二回も読む羽目になった。

もう帰るかなと思ったママは自宅とは逆方向の電車に乗った。「わぉ」と好奇心が湧いた。

降りた駅は信濃町だった。目の前が慶応大学病院だ。「なんだ、お見舞いか」と安心した。ところがママが入ったのは駅前のバーみたいな喫茶店だ。

十分に間を取ってから、僕はママの背中が見えるボックス席に座った。

「うっそー」

ママはカウンターの一番奥に座ってビールを飲んでいる。ママがお酒を飲む姿を初めて見た。

ママが窓の外に手を小さく振った。僕の目の前を通ってママの横に座ったのはあの男だ。「ありえねぇ」と思わず心の中で叫んでしまった。

男はママの手に自分の手を重ね、顔を覗き込みながら話をしている。震える膝を押さえつけて聞き耳を立てたけれど何を話しているか聞き取れない。

幾つだっけとママの年を考えた。

「僕を産んだのが二十三歳だって言ってたから、まだ四十二歳じゃん。ありだよ、あり！」

「まさかママが」から「やっぱり！」という諦めまでありとあらゆる感情がぐちゃぐちゃになって頭の中で渦巻いた。あの男の正体を調べて、別れさせなくっちゃと僕は固く決心した。

一時間ほどしてから二人は店を出た。震える足許を気にしながら、店の階段をそろりそろりと下りたら、ママも男も姿が見えなくなっていた。狼狽した僕は目を皿にしてあたりを探した。改札口や歩道橋や道路を走りまわった。

またやってしまった。本当に僕はドジな探偵だ。柊所長の「めッ！」とする顔が目の前に大きく浮かんだ。これで証拠を映せるとケイタイを握り締めていたのに全てが水の泡だ。ママはあいつとホテルにでも行ったんだ。僕は急に怒りを覚えた。「裏切り者！」とママに初めて悪態をついた。

妹の亜矢には黙っておこう。もちろん出張中の可哀相なパパにも。

重い足を引きずって家に帰ると、家中の灯りがともっていた。亜矢が帰っているんだと思って僕はシャンとした。そして元気のいい声で「ただいまあ」と言ってスニーカーを脱いだ。

ママがエプロンを着けてご飯を作っている。テーブルに手をついて突っ立ったままの僕の顔を見てママが「お帰り。悠。どうかした」と言った。「ううん、別に」とモゴモゴ答えて椅子に座り込んだ。

「そおぉ？」と軽快に包丁の音を立てながら、そして下を向いたまま突然言った。

「悠、今日は、何であんなとこにいたの」

僕は椅子からひっくり返りそうになった。「えっ？　どこのこと？」と思わず聞いてしまった。

「やっぱりか、悠だったんだ」と言われて、僕は「しまった」と唇をかんだ。そして、やっとの思いで切り出した。

「一緒にいたあの年寄りは誰？」

「年寄り？」とママは顔をあげて僕を見た。「男」と言ったら生臭くなりそうだったから、あえて年寄りと言ったのだ。

「ああ、あの方は踊りの先生よ。発表会のレッスンのこと、みんなで相談してたの」

「だって」と僕が言い差すと、「信濃町のこと？」とあっさりと言ったから、僕はまた椅子から転げ落ちそうになった。

「細かい打ち合わせしよって言われたからよ。ママがリーダーだからね」

やっぱりだ。ママに限ってありえねぇと僕は納得した。

三人で夕食を食べているとき、亜矢にご飯を手渡すママの手を見た。
そういえば、ママはあの男の手、嫌がらなかった。
僕の箸が思わず止まった。

ダニーとその仲間たち

その年はとりわけ夏の暑さが身にこたえた。

バブルの真っ最中、小さな工場の人手は圧倒的に足りなかった。反応がゼロに等しい自社の募集広告を前に、総務課長の康介は深いため息をついた。

かすかなノックが聞こえたので重い視線を事務所の入り口にやると、中を窺うようにそろそろとドアを開けて、東南アジア系の外国人が浅黒い顔をのぞかせた。大きな身体を小さく見せようとして肩を丸め、困ったような、それでいて人懐っこい笑みを浮かべながら、その男は日本語で問い掛けてきた。

「シャチョウさん、いますか?」

康介は素っ気無く「留守だ」と答えた。明らかに不法滞在の外国人だった。追い返さなければならなかった。不法労働者の雇用は犯罪だし、社内の平和を乱しそうだし、勤務態度や能力に疑問もあるしとあげればきりも無く理由があった。

その男は、康介の無表情な冷たい返事に、少し挫けそうになりながらも、おそるおそる言葉を継いだ。

「いつ、かえって　きます　か」

「何の用かな?」

康介は今度は警戒の色を露骨に見せながら聞いた。

「シゴト　させて　ください。おねがい　です」

褐色の顔をやや右にかしげ、大きな手で合掌して彼は言った。

康介は机の上の募集広告に目を落とした。工場では人手が足りなかった。

「おねがい！　です。シャチョウさん」

その男は請い願うように、必死ながらも柔らかな声で言った。そして身をかがめて、もみ手をするようにしながら、康介の返答を待っていた。

思案のしどころだった。駄目だという言葉を呑みこんで、康介は彼の浅黒い顔を見つめた。彫りの深い顔であった。態度は卑屈だが、彼の表情には惹かれるものを感じた。採用担当者の直感であった。康介はとりあえず短期間だけと採用を決心した。

「何でも　します。何でも　できます」

待ちきれずに彼は言い足した。

康介は椅子から立ち上がった。彼は少し驚いた表情を見せて一瞬身構えたが、すぐにその褐色の顔を右にかしげて、人懐っこく笑った。

康介は嫌がる家主を口説き落として、工場のすぐ近くに古い貸家を借りた。彼が引っ越してきたのはそれから一週間後だった。工事現場の飯場にいたようだが、詳しいことを話したがらなかったから、良くわからなかった。

パスポートを見ると、観光ビザで、滞在期限はもう八年も過ぎていた。スリランカから来たこともわかった。彼は「ダニー」と名乗った。軍役時代に覚えた英語を扱えることもわかったが、康介の低レベルの英会話力と、訛りの強いブロークンなダニーの英語では、意思の疎通にほとんど役立たなかった。

ダニーの日本語は、精密な電気部品を組み立てる工場では、不便なレベルだった。工場長が不安を隠しきれない表情で、前工程の簡単な組立作業を、身振り手振りで説明しはじめると、ダニーは懸命にその作業手順を覚えようとした。

ぎこちないものの、手を休めることなく、彼は作業に取り組んだ。その日の終わるころには、「何とか使えそうです」と、工場長がほっとした表情で社長に報告しているのを聞いて、康介も安堵の息を吐いた。

人懐っこい笑みの力もあって、ダニーはあっという間に現場の仲間にもなじんでしまって、さらに康介を安心させた。

それから一か月ほど経ったころ、事務所のドアを押し開いて、あの日のように、ダニーがおそるおそる顔を見せた。

「どうした、ダニーさん？」

康介が問いかけると、ダニーは、困ったような曖昧な笑みを浮かべて、言いにくそうに口を開いた。

「カチョウさん、わたしの　ナカマ、ふたり　やとって　ください」

以前、おなじ現場で働いていたが、ダニーに話を聞いて、ここで働きたいと望んでいるようだった。人手不足は少しも変わっていない。ダニーを雇ったことで、康介には違法労働者の雇用にも少しばかり免疫ができていた。

「真面目なやつか？」

「若くて　ゲンキ！　マジメなやつ。スリランカで　おなじ町の　ナカマ　です」

「仕事ができなきゃ、すぐ首だよ」

「だいじょうぶ。だいじょうぶ」

何が大丈夫なのか康介は聞く気にもならなかったが、指で丸を作りながら「オッケー」と言った。

ダニーは、大きな両手で康介の手を強く握って、「ありがとう、ありがとう」と何度も上下に振った。

戸惑った康介は急いで彼の温かい手を離した。そしてその指を見て、この太くて丸い指先で、あの細かい作業をよくも毎日できるものだと思った。

翌日、会社が引けたあとすぐに、ダニーは仲間の二人を事務所に連れてきた。

ダニーよりは小柄だが、がっちりした体格の人懐こそうな青年と、気弱に見える痩せた青年だった。

ふたりは日本語をあまり話せなかったので、ダニーのあやふやな通訳が必要だった。

ふたりはダニーと同じ貸家に住むことになった。前の勤め先がすぐに辞められないので、すこし時間が欲しいとふたりは言った。勤めている会社への誠実な姿勢に康介は好感を持った。十日ほどしてから、ふたりは工場に勤めはじめた。

痩せた青年はサニー、人懐こそうな青年はダーツと名乗った。履歴書に書かせたパスポートの本名とは、ダニー同様似ても似つかない呼称だった。工場長が、「またですか?」と困った表情を浮かべた。しかし、単純な前工程の作業ならば、やはり問題は無かった。

工場では従業員の半数近くを主婦のパートタイマーが占めていた。会社としての悩みは、家庭の事情による彼女たちの欠勤や早退であった。主婦である彼女たちは、家族のことが最優先であった。生活が苦しくて働く主婦はほとんどいなかった。家計の補助とか自分の小遣いが働く動機だった。

ダニーたち三人は、欠勤も早退もしない安定した労働力になっていた。今ではコンベヤーに配属できるほどの力がついていた。休出や深夜残業を頼めば、だれ一人拒むことが無い貴重な戦力になっていた。

やがてダニーを慕うようにして、スリランカの仲間が次々に集まってきた。その人数は六人になって、生産ラインの作業者の二割を占めるほどだった。

「カチョウさん、家にきて　ください。スリランカの料理　つくります」

ダニーが康介に時々そんな風に声をかけるので、それならばと一度行ったことがあった。日の差さない六畳と四畳半の貸家には、香料の匂いと汗と湿気の臭いが満ちていた。ナンのようなものや、カレー、炒めたご飯などが出された。康介が持ってきたビールをうまそうに飲み、会社では見られない、くつろいだ朗らかな素顔を、みんなが見せていた。

「カチョウさん、おいしいですか?」

笑顔一杯のダーツに聞かれて、康介は「おいしいよ、おいしい」と答えた。

しかし一本だけの薄暗い蛍光灯、においの洪水、荷物もろくにない六人の男の狭い部屋。まさしくここは「タコ部屋」だという意識が康介の良心をさいなんだ。以来、康介はその部屋に行くことはなかったが、一部の社員やパートタイマーは、彼らを自宅やドライブに招待したり、彼らからスリランカ料理に招待されたりして、親しくしているようだった。

康介はダニーに彼らの管理を任せっきりにしていた。彼には統率する力があった。少し問題がありそうなスリランカ人は、ダニーが力ずくで辞めさせたようだった。

ダーツは半年もしないうちに、ダニーよりも日本語が上手になっていた。片言の日本語で、臆することなく日本の仲間に懐いていった。そして、六人の中で、いちばん好奇心が強くて、頭脳明晰でもあった。作業の指導には、いまではダーツの日本語が欠かせなくなっていた。とはいえ、彼らのボスがダニーであることに何の変わりなかった。ダニーは、仲間五人の厚い信頼を得ていた。

「カチョウさん、あした　昼休み、一時間　おおく、やすませて　ください」

給料を現金で手渡したとき、ダニーは必ずこう申し出た。

「一時間だね。いいよ、何の用事があるのかな?」

康介がこう問いかけても、ダニーは曖昧に笑うだけで、はっきりとは答えなかった。

「課長、あいつら、すごいんですよ。二、三万だけ残して、あとは給料全部、スリランカの家族に送金してるんです。自分らは、ぎりぎりでやってるんです」

彼らと親しい社員からこう教えられて、康介はなるほどと思った。


ある日の夕方、ダーツが満面の笑みを浮かべて、康介のところに一枚の写真を持って来た。ダーツだけが平気で康介のいる事務所に入ってきた。

「課長さん、課長さん、見てください」

差し出された写真には、新築したばかりの平屋の住宅が写っていた。日本で言えば、安直な貸家に近い建物だ。しかし、背後の木々の緑に、白く輝いていた。家の前に写っている子供三人と若い女は、ダーツの家族なのだろう。みんな弾けそうな笑顔を見せていた。

「いい家だね。これ、ダーツの家族だな。うれしそうじゃないか」

ダーツは、こらえきれずに、顔中を笑みで満たして誇らしげに言った。

「わたしの家です。先月、できたばかりです」

つられて康介も微笑み返して言った。

「頑張ったな、ダーツ！」

「ありがと。課長さん。ぼく、もっとお金ためて、ぼく、もっと日本語を上手になって、国に帰って、会社します」

旅行会社を創って、日本人を案内するんだ、ときらきらした眼で夢を語った。

「おまえならできるよ。大丈夫だ！」

康介が請け合うと、ダーツはうれしそうにお礼を言って、事務所を出ていった。

康介は立ち上がって窓の外の山々を見ながら、「夢か」と呟いた。康介にも二十歳前後には燃えるような夢が確かにあった。就職し、結婚し、子供ができ、家を建てている間に、どこかに無くなってしまった夢があった。北海道の広大な地で農業を興すことだった。自然に同化して生きることだった。

夢を追いきれなかった悔いを、振り払ってしまおうという勢いで、康介は首を何度も横に振った。

ダニー達が来てから三年が過ぎた。はじめのうちこそ不法在留の摘発が不安だったが、新聞記事で不法滞在者の摘発を見ても、あまり気にならなくなっていた。社長も「なに、そのときは、俺が捕まればいいことさ」と笑い飛ばしていた。

しかしダニーたち六人が、突然に入国管理官に連れ去られたら、生産ラインはその瞬間から停止してしまう。取引先の生産ラインも同時に止まってしまうほどの大きな影響が出る。この恐怖はかなり大きかった。

新聞の記事では、いま摘発されているのは、たいていが水商売の女たちだった。会社や本人たちによほどの犯罪行為でもない限りは、心配には及ばないだろうと康介には思われた。彼ら六人が犯罪を犯すことは想像できなかった。会社と社宅の範囲内の狭い世界で、彼らはおとなしく、そしてひっそりと生活していた。

七月下旬の蒸し暑い日、会社に戻ってきた康介は、ダニーが社員の駐車場を横切って帰って行くのを見かけた。午後二時を少しまわった頃だったので変に思った。給料日はまだだったから、送金に出かけるためでもなかった。うつむき加減に歩くダニーの姿にはいつもの力がなかった。

康介は大声でダニーに呼びかけた。

「どうしたぁ！　珍しいなあ、早引きかい、ダニーさん！」

振り向いて、はにかんだような顔で、ダニーはにっと笑ったが、その笑いには、いつもの力がなかった。そして、その場に立ち止まったまま、動かなかった。

「ひどく具合が悪そうだなあ。ダニーさん」

康介が心配そうに声をかけると、「はい、グアイ　よくない」と彼は聞き取りにくいほどの小さい声で応えた。

「働き過ぎだな、休んだほうがいい」

「はい。休ませてください。だいじょうぶ」

少し哀しそうな笑みを紫色のくちびるに浮かべて、彼はゆっくりした足取りで帰っていった。

ダニーがもう十年近く日本にいて、働き詰めだったことを康介は思った。休日出勤も残業も彼はいとわなかった。国にはどんな家族がいるのだろうと思ったが、ダーツのようにざっくばらんに語ることがなかったから、さっぱり分からなかった。年齢は五十歳を超えたくらいだった。ほぼ同年齢の康介にはダニーの体力の見当がついた。「大丈夫かな？」と思わずひとり言が洩れた。

しかし、康介はそれきりダニーのことは忘れた。来週には、下請の工場を新たに稼働させなければならない。雑務全般を担当せざるを得ない康介は、材料の準備と作業指導の段取りで忙しかった。

ダニーは一日だけ休んで、また普通に出勤したが、元気はなかった。

「もう少し、休めよ。いまなら、二～三日は問題ないから」

昼休みに工場の隅でひっそり涼んでいるダニーを見つけて、康介が少し強い口調で言った。彼は力の抜けた笑顔を浮かべて答えた。

「カチョウさん、わたし働かない、いけないこと。だから、やすめない。ありがと」

「そうか」

康介はそう言うしかなかった。


それから一週間ほどたったころ、康介は工場長と二人で、下請け会社のための新しい作業指導票を手分けをして作っていた。

午後八時を過ぎたとき、ダーツが事務所に飛び込んできた。せっぱ詰まった真っ青な顔であった。

「課長さん、ダニーさんの具合、ダニーさん！　変！」

一気に言ってから、ダーツは荒い息を吐いた。

「変です。とても苦しそうです。ダニーさん！」

そして顔を歪めて絞り出すように言い足した。

「ダニーさん、嫌だって言うけど、病院　つれてって！　つれてって！　課長さん！」

風邪を引いたくらいでも、病院にいけば一万円を超える額を請求される。だから、彼らはめったに病院で診てもらうことはなかった。

あとのことは不安な表情の工場長に任せて、康介は車でダーツと貸家まで走った。

ダニーはうす暗い部屋の中で、蒲団に横たわっていた。部屋には、香辛料や香のような強烈な匂いが充満していて、生あたたかい空気がむっとしていた。

康介の顔を虚ろな表情で見たダニーは、いつもの人懐っこい笑みを一瞬浮かべてから、自分の力で立ち上がった。しかし、康介が思わず支えたくなるほど、大きなダニーはふらっとした。ダーッと大柄なテスが、彼を両側から支えるようにして、やっと康介の車に乗り込んだ。

会社を出る前に、康介は知り合いの町医者に電話をして、スリランカ人を診てもらうよう依頼しておいた。その医師は尻込みをしている様子だったが、「診てくれないのか！」と康介が語気を荒げて言ったので、しぶしぶ受け入れを承諾した。

二人に支えられながらも、ダニーは自分で歩いて診察室に入った。ベッドに横になるまで、ダニーの様子を見ていた年老いた医師の顔には、明らかな困惑の表情が見て取れた。聴診器を胸に当てた途端に、それは更にはっきりとした。

「うちでは無理だよ、これじゃ。救急車を呼ばないと」

医師が康介に向き直ってそう言いかけたとき、ダニーの巨体が弓反りになって硬直した。そして「ンンッ」と小さい呻き声をひとつだけあげた。

医師は慌てて聴診器を当てた。狭い診察ベッドにその巨体を伸ばして、ダニーはそのまま動かなかった。

しばらくして、聴診器を耳から外した医師は、三人に向かって言った。

「ご臨終です。午後八時二十九分」

康介はもちろんのこと、ダーツたちも呆気に取られて、小さなベッドの上のダニーを見た。苦痛の中にも、笑みを浮かべたようなダニーの表情だった。

ダーツとテスは弾かれたようにしてダニーにすがりつき、その身体を激しく揺すって、「ダニー、おおっ！　ダニー！」と何度も呼んで、目覚めさせようとした。やがて涙が混じって、二人の声はぐしゃぐしゃになっていった。

「何で、こんなに突然」と呟いた康介の言葉を引き取って医師が答えた。

「心筋梗塞だよ、前にも発作を起こしたんだろう」

最近の生気のないダニーを康介は思い出した。

「警察に電話しますからね」

三人の様子を黙って見ていた医師が言った。康介はとっさに「やめろ！」と怒鳴った。

「警察はダメだ！　頼むからダメだ！　困るんだ」

「私だって困るんだよ」

医師は康介を振り払うようにして、奥の部屋に入って行ってしまった。

硬い診察ベッドに横たわるダニーを囲みながら、三人は警察の到着を待つしかなかった。ダニーの遺体を見下ろしながら、工場の生産ラインがめちゃめちゃになってしまうことを思って、康介はぞっとした。

　貸家にいた残りの三人も、警察署に連行されてきた。会議室のような大きな部屋の中で、五人は額をすりあうように小さく集まった。ダニーの最期の様子を、ダーツが語りはじめると、三人の顔はみるみる歪んで、こらえ切れないように泣き出した。大柄なテスも声を上げて泣いた。しばらくそのまま泣かせていた刑事は、五人をひとりずつ別の部屋に連れて行った。

　康介もテレビで見るような小さな取調室に連れて行かれた。午後十時を過ぎていた。取り調べの警察官は丁寧だった。六人を雇い入れたいきさつから、彼らの日々の生活までを事細かに尋ねて、康介の返答を、用箋に書き込んでいった。

「彼らは逮捕されて、即刻、強制送還ですか？」

　康介はこのひとつだけを聞きたかった。しかし、ついに質問ができなかった。答えを聞くことも怖かったが、康介から問える雰囲気ではなかった。

　取調官とやり取りをしてゆくうちに、カラカラと音がしそうなほど、心が乾きはじめた。康介は質問に答えながらも、彼ら全員が突然いなくなったあとの工場の納品を、具体的に考え始めていた。そしてだんだんに陰鬱になっていった。自分が逮捕拘留されるのだと思ったときには、思わず身震いをした。

　言葉が不自由なこともあって、五人の取り調べは時間がかかった。彼ら五人と康介が警察から解放されたときには、空が白みはじめていた。

　全員が解放されたことで康介は安堵したが、彼ら五人は、取り調べが厳しかったせいか、ダニーが急死したショックのせいか、一言も話せないほどに打ちひしがれて、疲れていた。

　ダニーの遺体は警察の手で貸家に運ばれていた。そのまわりに、すくむように座っている彼らは、どんな言葉もかけにくいほどに打ちひしがれていた。

　康介は会社に戻り、社長に報告した。

「そうか」

　社長はそう言って腕組みをして、虚空を見ていた。

「しかたない。課長、警察に知れたなら、もう仕方ない」

　腹をくくった社長の行動は素早かった。

「葬儀社に手配したまえ。それと、コストアップになっていい。日系ブラジル人の派遣会社と接触を取ってくれ。とにかく人手を確保だ」

「でも、社長、まだ、まだ、すぐにでもなさそうですが」

「すぐにそうなると思うことだ。手遅れになる」

　葬儀社に手配を終えてから康介は自宅に戻った。疲れ果てて薄黒くなった康介の顔を見た妻は表情を曇らせたが、あれこれと聞いてくることはしなかった。康介はそのまま昼まで寝入った。そして午後に出社してから、日系人の派遣会社に電話で見積もりを依頼した。

翌日に出社した五人に、康介は葬儀の手順を話した。彼らは黙って聞いていた。しんとした静けさの中に、彼らの深い悲しみが感じられた。

昼休みに、彼らがろくに食事もとらないで、工場の隅に集まって何かをひそひそ話している様子だと社員の一人が康介に知らせてきた。強制送還の心配をして逃げ出す相談をしているのだと康介は思った。それもしかたないことだった。逮捕を逃れようとして去ってゆく彼らを止めようも無かった。

その日の終業後、五人は揃って事務所にやってきた。辞めるのだなと康介は覚悟した。同時に社長の即断即決をみごとだと思った。

前置きなしにダーツが訴えた。

「課長さん、ダニーさん、焼かないで！　焼かないでください」

思いもよらない言葉に康介は、思わず「それは無理だ」と答えた。康介の言葉を無視してダーツが言った。

「スリランカに、ダニーさん、そのまま、焼かないで、帰してください」

康介は息を止めてダーツの顔を見つめた。五人の視線が康介に必死に注がれていた。見たこともない切ない視線であった。

「ダニーさん、ずっとずっと、スリランカに帰ってない。家族、誰も、十年、ダニーさんに会ってない。ダニーさんの骨、焼いて送っても、だれも信じない」

ダーツは泣き出しそうな声を抑えて言った。

「奥さん、かわいそう。子供たち、かわいそう。ダニーさん、ダニーさんが一番かわいそう。かわいそう」

黙っている四人がぽろぽろ涙を流した。

「だから焼かないで。課長さん、あのままスリランカに帰してください。課長さん、お願いです！」

康介は絶句した。思いをこめたなみだ眼で、彼らは必死に康介に哀願していた。しかし康介にはすぐには返答ができなかった。遺体をそのまま送るなどという事ができるかどうか、康介には知る由もなかった。

ダーツが突然ガバッとひざまずいた。そして康介の足首を両手で抱いて、何度も何度も、額をすりつけた。

「課長さん、お願い！　お願いです。お願いします」

ダーツのその叫びに呼応して、ほかの四人も、同じように膝をガクッと折るようにして、康介の足に額をすりよせた。彼らの涙が康介の靴下に落ちた男たちがそんなにまでして人に哀願する様子は見たことがなかった。もちろんされたこともなかった。康介は狼狽した。

「分かった、分かったよ」

康介は彼らの肩を叩きながら、やっとの思いで言った。

「いいから、さあ、顔を上げて」

康介は一人ずつ立ち上がらせた。

「できるのかどうかが、よく分からないから、調べてみる。明日まで待ってくれ」

この言葉にほっとした明るさを見せて、彼らはお辞儀を繰り返しながら帰っていった。

翌日、葬儀社の社長に彼らの様子を話した上で、遺体をそのままスリランカに送ることができるかどうか調べてほしいと頼んだ。

しかし、その返事は夕方になっても来なかった。

終業後、ダーツがひとりで事務所に来たが、康介はまだ分からないと答えた。がっかりした様子で、ダーツは何も言わずに帰っていった。

翌々日の午後、葬儀社の社長から可能であると返答がきた。康介はほっとしたものの、その電話の声にあまりも力が無かったから、かすかな不安にかられた。

「可能なんですよ、ドライアイス使って。戦死したアメリカ兵は、そうやって本国に送られるんですから」

「なら、やってくれよ。見ていてたまらない」

しばらく沈黙があった。

「できるんですがね、搬送は」

社長は言葉を曖昧に切った。

「できるんならいいじゃないか。君にもやれるんだろ?」

「できますよ。もちろん。でも、費用がねえ。百万を超えるくらいかかってしまう」

康介は絶句した。

「課長、話を聞いて、私だって、心がぐらぐらしたんです。だから、これは商売抜きなんです」

「すまなかった。わかった。後でまた電話するから。ありがとう」

康介は受話器を置いて天井を仰いだ。

「百万かぁ」

その日の夜に帰社した社長に、康介は葬儀社からの話を報告してから、会社としていくらかでも負担はできないかと頼んだ。それが康介のできる精一杯のことだった。

しばらく考えていたが、社長はきっぱりと康介に言い渡した。

「わかった。給料の一か月分ちょっと、二十万を出してやろう。ダニーには世話になった。残りは自己負担だ。そう伝えてくれ」

康介はほっとした。しかし、彼らは諦めるだろうと思った。

彼らには命の一滴の一円だ。八十万円を超える負担は並大抵のものではない。ダニーの預金と、亡くなるまでの給料とをあわせても、足りるはずもない。考えれば考えるほど、彼らは諦めるしかないだろう、と康介には思えた。

康介は現場に行って、終業後に全員を事務所へ連れてくるようダーツに言った。

「はい、課長さん」

ダーツは厳しい表情で答えた。

彼らは不安な顔を見せて、静かに事務所に集まってきた。

「ダニーさんを、そのままスリランカに運べるよ、運べる」

ダーツと一緒に入社した気の優しいサニーが啜り泣きを始めた。しかし、ダーツは厳しい目を向けて身を乗り出した。彼は今では五人のリーダーになっていた。康介はためらわずに後を続けた。

「そして、その費用は、百万円を超えることになる」

安堵の表情で聞いていた四人が思わず康介の顔を見つめた。その視線が康介には痛かった。自分を励まして、康介は話を続けた。

「その費用のうち、二十万円は社長が出してくれる。あとはダニーさんの負担だよ」

康介は初めてダニーに会った日のことを思い出した。ダニーのはにかんだような眼差しを思い出していた。

ダーツは、しばらく黙ったまま、みんなの顔を見回してから、康介に深く頭を下げて言った。

「課長さん、ありがとう。社長さん、ありがとう」

ほかの四人も、ありがとうと言いながら立ち上がり、康介の足元にひざまずいた。康介は黙って彼らの背中に触れて、立つように促した。彼らは無言で帰っていった。

翌朝、ダーツがひとりで、康介のところへやってきた。

「きのうは、ありがと。帰って、みんなで話した。ダニーさんにも聞いた。ダニーさん、止めてくれと言った」

ダニーが生きていたなら、きっとそう言うだろうと康介は納得した。

「でも、わたしたち、思った。ダニーさん、スリランカに帰りたい。ほんとは帰りたい」

澄んだ眼でダーツは真っ直ぐに康介を見つめた。

「五人の、給料から引いてください。ダニーさん、スリランカに、帰してください」

こう言って、その黒い両眼から、ダーツはびっくりするくらい大きな涙をこぼした。ダニーが急死してから、悲しみを抑え込んで、みんなを纏めてきたダーツだった。

「みんなが負担する？　それでいいのか？」

「いいです」

涙を腕で拭いながら、ダーツはきっぱりと言った。

二日後、霊柩車がダニーの遺体を迎えにきた。

彼らは黙々とダニーの遺体を車に安置し、深い祈りをささげた。クラクションを鳴らして走り去ってゆく霊柩車が見えなくなってもまだ、彼らは低い嗚咽を洩らしながら、ダニーを見送っていた。

それ以来、彼らからは、あの快活さがすっかり消え失せてしまった。

社長の許可を得た康介は、搬送費用の残額を、三か月に分けて、五人の給料から天引きした。

全てが精算されたあとに、彼らはひとりまたひとりと会社を去っていった。警察に事情聴取されたことが彼らを不安にさせていた。警察からは何の接触もないから心配するには及ばない、とダーツには何度も言ったが、強制送還される不安に耐えられなかったのだろう。彼らは、まだまだ、日本で稼がなければならなかった。

ダニーと、彼の仲間たちが残していったあの感動は、康介の心から消えることがなかった。自分のために、あそこまでしてくれる人間がいるだろうかと、康介は考え込むことが多くなった。そして、その度に首を振って、力ないため息を洩らした。

スカイラインの男

「麻美ちゃんのためなら、俺、なんでもする」

麻美の手を握りながら将太は黒のスカイラインを片手運転していた。そして、麻美の顔を覗き込んで、ひっきりなしに話しかけていた。ようやくデートにこぎつけて有頂天だった。最高のデートにしようと心に決めていた。

麻美は右手を将太に預けながら、窓に額を寄せて外を眺めていた。友だちと盛り上がって夜更かしをした麻美は眠かった。

久々に単身赴任先の新潟から帰宅した俊久は妻の聡子と紅葉狩りに向かっていた。目の前のスカイラインがゆらっゆらっとし始めたので一気に追い越し、百メートルほど先で左車線に戻った。

「若い人よ、恋人かしらねえ、幸せそうだったわ」と言う聡子に答えず、俊久はバックミラーに目をやった。

「あぁーぁ、将太、追い越されちゃった！」

何気ない麻美のこの一言が将太の胸をずんと貫いた。将太はアクセルを踏み込んだ。急加速の感触が将太の怒りをさらに燃え立たせた。衝突寸前で右車線に出て一気に追い越したあと、急ハンドルで俊久のコロナのすぐ前に入った。

「危ない！」という聡子の悲鳴のなか、俊久はブレーキを踏みながら思わずクラクションを鳴らした。

「おじさん、怒ってる！」

後ろを見て麻美が怖そうに言ったので将太はムカッとして急減速した。衝突しそうになった俊久は慌てて右車線に出てもう一度追い越そうとしたが、将太にしつこく並走されて、どうしてもそれができなかった。摺り寄せてくる黒いスカイラインから逃げるようにして窓から身を離した聡子が「ねえ、あなた。怖いわ」と震える声で言った。「分かってる。あの信号を曲がって裏道を行くから」と言って俊久は右に曲がった。

「ああ、怖かった」

聡子は大きく安堵の息を吐いた。街外れの狭い道をゆっくり走りながら、俊久が「クラクションがまずかった」と悔いていると、聡子が急に悲鳴を上げて指差した。

前方に黒いスカイラインが停車していた。俊久は逃げ切れないと観念した。

「やめてよ、将太。もういいじゃない？　もめ事はいやよ」

昨夜、友だちから聞いた子供っぽくて切れやすいという将太の噂話を思い出しながら麻美は言った。しかし将太は「ちょっと注意するだけさ」と答えた。目の前で男らしく格好の良いところを見せれば麻美の心を射止められると思ったのだ。

長身の将太が近づいてきた。あの若い男はナイフを持っているかもしれないと俊久は思った。ドアのロックを確認した。腕が入らない程度に窓を開けて俊久は待った。

その窓に手をかけて「おやじ！　何やってんだよ」と将太が大声を上げた。俊久は「済まなかった。本当に済まなかった」と素直に謝った。言い合いになるだろうと思っていた将太は拍子抜けして黙ってしまった。

外に出た麻美がドアの前で成り行きを見ていた。その麻美の姿を見た将太はさらに声を荒らげた。

「ビイビイ、クラクション鳴らされた俺の気持ち、分かるのかよ」

「済まなかった。嫌な思いをさせた。この通りだ」と言って俊久は頭を下げた。謝り通すしかないと覚悟を決めていた。俊久が弱気と見て将太はさらに居丈高になった。

「ちょこんと頭下げて、それで済むなら世話ねえよ。出てこいよ。出て来て、おれの前で土下座しろよ！」

聡子に目をやって、俊久は大丈夫だからとでも言うように頷いてから車の外に出た。聡子の心に怒りがわきたったが、恐怖に震える体から声は出なかった。

俊久は道路に正座し、両手をついて深々と頭を下げた。

潔く土下座をしている年配の俊久と意気揚々としてVサインを送ってきた将太を見比べた麻美は「将太って、やっぱり。みっともない」と思った。麻美は助手席の聡子に頭を下げて「ごめんなさい」と大きく口を動かした。それを見た聡子が「いいのよ、もう」と無言で返した。

車から赤いバッグを取り出すと麻美は足早に走り去った。ビックリした将太が追いかけてきて麻美の腕を掴んだ。そして「麻美！　どうしたんだよ！」と狼狽した声で言った。麻美は無言でその手を振り払った。「なにが気にいらないんだよぉ」と追いすがる将太に「最低よ、大嫌い！」と麻美が言った。その一言で将太は立ちすくんだ。

麻美はあても無くひたすら歩いた。「最低！　将太は！　ばっか！」と呟き、呟くほどに麻美は自分が惨めになった。長身でちょっと良い顔してた、ただそれだけでいい奴だなあとデートした自分に「馬鹿だよ！　麻美は」と大きな声で言った。

背後にすうっと車の近づく気配がした。「しつこいなあ！」と言って振り返ると、ドアを開けた聡子が降りてきて「乗っていかない？　ドライブしない？」と誘った。麻美は悠久と聡子の顔を見てふんわりした笑みを浮かべ、「ありがと」と頷いた。

いるだけでいい

「ママー！　どこ？　ご飯にしてよ」

怜奈の声に鈴子は立ち上がった。

「カレーだね？　いい匂い」と言って、怜奈が小鼻を鳴らした。

「フライドチキンとね、それにマヨネーズのサラダもよ」

「おふくろのカレー、絶品だもんな」

高校三年の徹が親指を立てて宣言する。

「サイコーだぜ、母さんのフライドチキン」

大学二年の聡が負けじと口を挟み、家の中は急に賑やかになった。

思春期のこの子たちの心を繋ぎ止めるのは〈私の味〉かなと思いながら鈴子はキッチンに立った。

母さん、ママ、おふくろ。三人三様に呼ぶ。それぞれに自分なりの思いが感じられて鈴子は幸せな気持ちになれる。

五日ほど前のことだ。ショッピングモールで三人連れの女子高生を見た。じゃれ合いながら前を歩いていた。紺のミニスカートからすらりと伸びた足は美しいとしか言いようがない。爽やかな色香も感じられる。

「あったなあ、モテモテの青春時代って」

少し気落ちして羨みながら近づいて行った。すると玲奈の声が耳に飛び込んだ。

「怜奈？　まさか！」

三人を追い越した鈴子は振り返って確かめる。

「やだ、ママ。何してんの！」

あの時の複雑な気持ちは今でもくっきりと思い出す。後ろ姿とはいえ自分の娘に気がつかないなんて。子供の成長は早いと頭で分かっていただけだった。

日曜日の夜遅く、荒々しく玄関を閉める音がして、聡が帰ってきた。怒りを消化しきれていない様子だった。

「あの子にふられたの？」

からかうように聞いたとたんに聡の眼が吊りあがった。

「馬鹿にすんなよ！」

かすかに侮蔑が感じられた。それはまさしく夫の声だった。そして言い方だった。

大人になったのだと嬉しい思いがする。しかし急に寂しくそして悲しくなって鈴子はありったけの鍋を磨いた。

次男の徹も秘密がたくさんあるようだ。照れ屋だから何も話してくれない。それと知らずにその秘密の部分に触れると徹はむっと沈黙する。「しまった！」と思ったときにはササッーと部屋から出てゆく。うっかりして人間に見つかったゴキブリのように素早い。

子供の心の中が、そして外での姿が、さっぱり分からなくなった。鈴子はため息が多くなってきた。

一人前になってゆく子供たちだが、怜奈でさえ料理、洗濯、掃除には手を出さない。

(私って家政母(かせいぼ)さん?)

鈴子の心の中に苦い思いが浸み出してくる。しかし仕方がないかと受け入れた。

皆が出払った今朝のことだった。さっきからダイニングにいる聡の視線が感じられた。気になって仕方がない。

「学校はいいの?」

「ああ、午後から」

聡の眼は相変わらず鈴子を追っている。

「なによ、聡。じろじろ見ないでよ」

気恥ずかしくなって咎めるように言った。

「母さんさ、少し小さくなった?」

鈴子は「えっ?」と声を出して掃除機を止めた。確かに子供たちの背丈はみな大きい。怜奈も一五七センチの鈴子を越えた。

「あんたたちが大きくなりすぎたからよ。母さんが小さくなるの、当たり前よ」

戸惑った鈴子は軽く受け流そうとした。

「なんかさ、ごめんな。俺たち、母さんにおんぶに抱っこだからさ。苦労かけているんかなあ？」

（苦労をかけているだなんて）

珍しい言葉を聞いた。嬉しかった。こぼれそうな涙を隠した鈴子は掃除機の回転音を強めて掃除をし始めた。

「母さん、病気になるなよな。無理すんなよな。母さんがいるだけで、俺たちほっとできるんだから」

こんなことが言えるようになっていたのだ。背を向けたまま、悲しさそして嬉しさに少しの皮肉をこめて鈴子は反問した。

「いるだけで？　母さんって、いるだけでいいわけ？」

「まあな」

聡は照れ笑いを浮かべ、すぐに自分の部屋に退散した。居心地が悪くなったのだろう。その後ろ姿が鈴子には可愛かった。

その午後、鈴子は探し物をした。

クローゼットの奥から三人の母子手帳を探し当て、夕方になるまでゆっくりとページを捲り、その頃の出来事を一つ一つ思い出した。

「とりえも何もないこんなあたしが、たいしたことを成し遂げたんだ」

遺骨

1

桜の花が散り終えた頃、その妻から、お見舞いを遠慮させていただきます、という添え書きとともに、坂本が癌に倒れたという知らせが久雄に届いた。まだ五十歳を超えたばかりだった。そういえば花見酒の誘いがなかったと気がついた。あいつからも置いてけぼりにされるのかという思いが過った。

妻の千鶴子のことで世話になった坂本だから是非にも見舞いたいと電話で懇願したが、丁重ながらも有無を言わさぬ雰囲気で断られた。

坂本の妻のその口調を思うと気を揉みながらも見舞うことは憚られた。するすると半年が過ぎ、いちょうが色づくころになって、小さい町に噂が流れはじめた。同級生たちの間で、もう半年ほどで、いや数か月だろう、あっけないなあ、気をつけなければなどという話が交わされた。

坂本の妻から夫が話したいことがあるとのことだから会って欲しいと夜遅くに突然電話が入った。そして言い添えた。

「あと、ひと月ほどしか持たないそうです」

その冷ややかな口ぶりに悲しみが感じられなかった、諦めた末のことだと思うのだが、彼女への不快感と坂本への憐憫が交錯した久雄は口をつぐんだ。

電話口からは「シーン」という静寂音しか聞こえない。ため息をついてから久雄は言った。

「明日、行きます。何時頃がいいでしょう」

「午後二時頃がよろしいかと思います。あれこれと、お気遣いなくお越しください」

思いの行き届いた、しかし抑揚の無い声を聞き終えて、「では、明日二時過ぎに」と答え、久雄は静かに受話器を置いた。その象牙色の受話器に両手を乗せたまま、千鶴子のときとは違う静かな虚しさに滑り込んで「ああ」と呻いた。

五年前、千鶴子の余命が半年と告げられた久雄は取り乱した。その夜、坂本の自宅へ深酔いして訪ねた。チャイムを押したが、玄関内の明かりはつかなかった。何度も乱暴に押した。しばらくしてから、坂本の妻のかすかな声がして玄関のドアが開いた。浴衣のふちを左手で軽く押さえたまま、彼女は無言で頭を下げた。

東向きのいつもの和室に通された久雄の前に、半袖パジャマの上着の袖に腕を通しながら坂本が座り、その妻が無言で酒食を並べて消えたとき、夜の営みを邪魔したらしいとさすがに気付いた久雄は、気まずい思いをした同時にしらけた気分になった。死の床に臥す千鶴子を思って心が沈んだ。

千鶴子の病状や、告知前後の日々の様子、医師の見解そして久雄の悔しさと嘆きを坂本は眉根を寄せて、しかし無言で聞いていた。語り終えた久雄がコップ酒に口をつけると、坂本がボソと言った。

「そうか。半年か」

坂本らしからぬ薄暗い声に久雄は顔をあげた。そこに坂本の悲しい眼を見た。久雄は力なく頷いた。静寂が空間を支配した。

「しかしなあ、おまえが、千鶴ちゃんのこと、そんなに大切だったとはね」

それは坂本らしい皮肉のこもった言葉だった。弾かれたように顔を上げた久雄は坂本を睨んだ。

千鶴子は坂本の従妹だった。久雄が二十歳になる前に、周囲の反対を押しのけて結婚したが、その熱愛は時間を重ねるほどに薄らぎ、千鶴子を意識することもなくなった。

「ああ、大切だ。それなりに、かもしれないが、愛してた。だけど、夫婦なんて、みんな、それなりにだろ、ふつう」

間髪を入れずに坂本が言葉を突き立てた。

「女を買っていたじゃないか。出張に行けば必ず。それ以外にも、けっこう、さ」

意味の掴みきれない笑いが坂本の口元に走った。

「そのあとで、罪の意識に苛まれたって話したろうが。いつだって」

「なら、買うなよ」

会えばふたりはたいていは小さな衝突をした。坂本は世慣れていたが、久雄は不器用な生き方をした。

「いまさら言い訳はしない。あいつにだって、絶対、知られないようにしてきた」

「言い訳、していただろうが、おれの前で、いつだって、ぐじゃぐじゃとさ」

久雄は眼を伏せ、なんでこんなときに心を引っ掻くようなことを言うんだ、と無言で呟いた。

「おれは、それなりにじゃなくってさ、女房を、本気で愛しているがね」

にやりと笑った顔に、いつもと違って、皮肉を越えた暴力が感じられた。坂本はお構い無しに声を潜めた。

「罪の意識だなんて、そんな青臭い思いは、だからさ、何をしたって、持った事がない」

「ひどいな、それは。おれのほうが、よほど純粋だ」

思わず言い返したものの、何が言いたいんだと久雄は困惑した。小馬鹿にされているような不快感と一緒に久雄はコップ酒を一気に飲み干し、それを「タン」と音高く置いて腰を上げかけた。

「悪かった。まあ、まあ、そう、カッカとするなよ、いや、違うな、もっと怒れ。そしたら少しは紛れるだろう」

その後の坂本はひどく優しくなった。久雄の話を頷きながら聞き、その悲しみを受け止め、いつものように軽い皮肉を交えながらではあったが、心の奥にまで染み込むように労わり慰めてくれた。

「いい奴だ、坂本！　おれは嬉しい」

くどくどとそんなことを言いながら坂本と枕を並べて久雄は寝入ってしまった。

その夜のことをとりとめなく思い出し、受話器の上に置いた手を重たく引き離した久雄はリビングルームのソファによろりと身を崩した。

思い返せばおおかたは久雄が悔しい思いをした。だからと言って憎みあう仲でもなかった。同級生たちと縁遠くなるなかで、久雄と坂本の交友はむしろ深くなっていった。

「明日会うのが最後だろう。運命には逆らえない」と何度も呟きながら寝室に入った久雄は頭から蒲団をかぶった。

2

「九階か」と呟いた久雄はエレベーターのボタンを押した。別の病院だったが、千鶴子も同じ九階だった。

個室のベッドに寝たまま、思いのほかしっかりした声で「よう」と言って、坂本は半年振りに久雄を迎え入れた。久雄が座った枕もとの丸椅子から秋の青空が見えた。

「ああぁ。悔しいが、今日は、起き上がる力が、さっぱり湧いてこない。酒もないからなあ」

苦笑いしながら久雄は改めて坂本をじっと見た。肝臓が傷んでいるせいか、顔は異様な青黒さを見せ、眼は茶黄色に汚れていた。

「そうか、それは、悔しいな」

歪んでしまいそうな顔に久雄は笑みを作った。

「ばあか。無理するなよ」

久雄は慌ててその笑みを消した。

「わかりやすくて、いい奴だよ、おまえは」

坂本は口だけで薄く笑った。坂本の妻がお茶を運んできた。すらりとしたその立居振る舞いは相変わらず優美だった。

彼女が子供を生んだ数年後のことだった。

「ほんとにいい女だな」

やわらかな温かみを漂わせて彼女が部屋を去ったとき、久雄は思わず坂本に言ったことがある。

「夜這いでもするつもりがあるのか」

いたずらっぽい目で坂本に覗き込まれた。

「馬鹿言うな、苦手なタイプだ」

慌ててそう答えた久雄だったが、さもありなん、ましてやおまえにできっこあるまい、と言いたげな坂本の表情を見て惨めな気分になったことを思い出した。

坂本がその妻に目配せした。

「それでは、ごゆっくり。わたしは下の喫茶室にいます」

あの頃と違って、どことなく冷ややかな雰囲気を残して、坂本の妻は静かにドアを閉めた。

坂本は窓から青空を見上げて無言だった。居心地が悪くなった久雄は、坂本に背を向け、ベッドの足元に近い窓辺に立った。無口な坂本と向き合う経験はほとんど無かったから、背後に感じてしまうその気配が息苦しかった。

九階から見下ろす十月末の病院の庭にはほとんど人が居なかった。満開のコスモスが風に揺れていた。

「今日は寒い日だよ」

久雄は無意識に言った。

「そうか、寒いのか。おれには、もう、縁がないな」

坂本は気だるそうに言葉を返してから、「まあ、座ってくれよ」と言った。天気の話もまずいのかと久雄はさらに滅入り、すぐにでも帰りたくなった尻のあたりが落ち着き無くうごめいた。やっと見舞いに来られたのに、こんな気持ちになるとは思いもしなかった。

窓を背にして置いてある奇妙な形をした椅子は思いのほか座り心地が良かった。久雄は投げ出された坂本の右腕に繋がっている輸液管を何の思いもなく眺めた。

「もう、だめなことは、知ってるよな」

こんな透明な管が命を繋いでいるんだなと思っていた久雄は弱くかすれた坂本の声にはっと顔を

上げ、「ああ」と答えた。坂本は天井を見詰めていた。

「諦めたから、まあ、それは、もういいんだ」

坂本はあっさりと言った。まさか、と思ったがその眼は静かだった。

「そうか、たいしたものだ」

久雄は素直に返した。その口調に棘はないが久雄自身が冷たく感じた。見舞いに来た坂本が死の床にいた千鶴子に言ったような温かみのある軽口は言えなかった。

「でな、墓にまで、抱え込むのが、ちょっとばかり、まずいかなって気がして、話しちまおうかな、と」

ガラスの吸い口を取って水を飲もうとした坂本はひどくむせて苦しい咳を繰り返した。その姿を見た久雄は、ああ、こいつは死ぬんだと思った。電話での坂本の妻の情感の薄い語り口がいま分かったような気がした。残忍なものだと久雄は声なく呟いた。

咳がおさまってもなかなか口を開かない坂本は空を見上げたままだった。

「で、その話っていうのは？」

自分の声がまだ冷たい色を帯びていることに久雄は気が付いた。坂本の反応は無かった。元気なら鋭い皮肉で切り返されていたはずだ。

「ああ、それなんだがな」

やっと口にした自分の言葉にむせたように坂本はまた咳をした。

久雄は坂本を見下ろしている感覚を持った。悪い気はしなかったが、そのことに慌てもした。胸の上で手を組み直し、坂本はようやく言った。

「千鶴ちゃんのことだ」

坂本は窓の外の空に目を逸らせたままだった。

「千鶴子のこと？」

久雄の声が裏返った。口が達者で、お茶目で、人から嫌われたことのない千鶴子に、語りたくない秘密は似合わなかった。

久雄を盗み見た坂本は大きなため息を洩らした。青黒くくすんだ額を坂本は自由な左の拳でトンと叩いた。

「やっぱり、やめとけば、よかったかなぁ」

坂本は口を歪めてため息をついた。

「それはないだろう！」

「そうさなあ、そうだよな」

口を歪めたまま坂本はまたため息を洩らした。

沈黙が生まれた。

知りたい、いや、知りたくないという気持ちが交錯し、いたたまれずに腰を浮かせた久雄はその気もないままに「もう帰るよ」と言った。点滴管を付けたままの右手を坂本が上下させた。久雄はあやつられたように腰を落とした。

「後悔してる」

坂本がぽつんと言った。

「後悔？」

反問された坂本は困ったような表情を含んだ茶黄色の眼を向けた。

「ああ、その、なんて言うか」

言いにくそうに坂本は言葉を切った。嫌な予感がした久雄は強い視線でその眼を射した。

「ああ、うん。やっぱり、あの、あの時に話しておけば、とな」

力の無い言い訳めいた自分の言葉に引きずられるようにして、途切れ勝ちに坂本が語り始めた秘密は千鶴子の不倫だった。

息を詰めたまま、久雄は坂本の語る一つ一つの事実をしっかり聞き取り、しかし、あやふやに記憶していった。心臓は冷え冷えとし、脳の中はべとべとと熱くなった。震えが何度も体の芯を走り抜けた。話し終わった坂本はぐったりと横になり、荒い息をついた。

「こんなこと、やっぱり、話しちゃいけなかった。止せば良かった、そう思うよ」

「なら……」

粘りつく舌を引き剥がすようにして久雄は言葉を継いだ。

「なら、墓まで抱えて行けよ」

「そうだよな。千鶴ちゃんから相談されたとき、何も話さなかったんだからな」

ゆらりと立ち上がった久雄は許しを乞うような坂本の目を見下ろした。

何も知らずにいた自分をふたりはどんな目で眺めていたのだ。自分はまるで道化だ。

「相手は、どこの、どいつなんだ」

殺意のある声だった。坂本は顔を横に向けた。

「逃げるなよ」

椅子を蹴飛ばし、回り込んで見た坂本の口は真一文字に結ばれたままだった。久雄は青と白の縦縞のパジャマの襟を掴んだ。坂本が諦めたように目を開けた。その目からは怖れるような、詫びるような気持ちが感じられた。

「言えよ。そいつは誰だ」

久雄の両手がパジャマの襟を激しく揺すった。痩せて軽くなった坂本の長身がベッドの上で上下した。

やっと聞き取れる声で坂本は答えた。

「言えない。おれには、言えない」

「何だよ、いまさら！　誰だよ。誰なんだ。言えよ」

若い看護婦が飛び込んできてその場に立ちすくんだが、すぐに、背後から久雄に抱きついて引き離そうとした。振り解こうとする久雄にしがみついた看護婦が枕もとにコールボタンに何度も手を伸ばした。

「坂本さん、押して！」

坂本は目を伏せたままだった。

「誰かぁ、誰か来てぇ！」

三人の看護婦が駆け込んできた。久雄は坂本から引き剥がされた。いつ来たのか、久雄と坂本の間にその妻が割って入り、ベッドの坂本を見下ろしていた。坂本は顔を逸らせていた。坂本の弱々しい眼と、彼女の冷たく鋭い眼が久雄の意識に張り付いた。

足音が廊下を交錯した。警備員が飛び込んできた。病室から押し出されながら久雄は声を振り絞った。

「誰なんだ。言えよ！」

彼女がさらに冷ややかな視線を坂本に向けた。「ひどい人ね」と言った彼女の低くて乾いた声と、わずかな間を置いた坂本の声が久雄の耳に届いた。

「おれだった。すまない、しかたなかった」

久雄の思考が音を立てて跳ね飛び、空中で分解した。そして、体がばらばらになった感覚を覚え、久雄は腰から崩れ落ちた。びっくりした看護婦と警備員が廊下の奥にあったストレッチャーを音高く曳いてきた。看護室に運び込まれた久雄は手早く注射を打たれた。

重い意識で目覚めた久雄は傍らにいた警備員に玄関の外まで連れて行かれた。警備員は睨むようにして久雄と玄関の間に立ちはだかった。久雄は肩を落とし、危うい足取りで駅へ向かって歩き出した。千鶴子から銀婚の記念にとプレゼントされた時計を見た。夜の九時に近かった。

「あいつと、千鶴子が?」

どうしても整理しきれない事実だった。

「あいつ、千鶴子と?　千鶴子が、あいつと?」

同じ言葉を久雄は何度もつぶやいた。

3

腕の良い熟練工である久雄は金型の切削作業にひたすら向き合った。鉄を削る甲高い音や焼けた冷却油の臭いが動き出そうとする思考を寸断してくれた。1ミリメートルの100分の1の精度を出すための作業から生まれる緊張感があの悔しい思いをかき消してくれた。

会社を終われば、カーステレオのボリュームを最大限にまで上げ、暮れなずむ道をどこにゆくあてもなく車を走らせた。家に帰らず、居酒屋の賑やかな空間に潜り込み、深夜に泥酔して代行車で帰宅した。

泥酔した久雄は、意識が朦朧と揺らぐなか、千鶴子がそんなことをするはずが無い、千鶴子は信じられる、坂本の最後の嫌がらせだと遺影を見上げながら声に出して言い募った。

そんな時間の隙間を押し開き、筋肉質の坂本の長身と小柄なふっくらとした千鶴子のきめ細かい肌が絡み合う幻視が滑り込んだ。いくら消してもまた浮き上がってくるその映像に、久雄は頭を強く振って唇を噛むしかなかった。

納骨を先延ばししていた千鶴子の骨壷を開け、その純白の骨の小さな一片をつまみあげた一周忌当日のあの瞬間がよみがえった。口の中に軽く乾いた音を残して、薄い白骨はあっけなく砕けた。心がちろりと温くなった気がした。そして病みつきになった。

遺影を壁から外し、酒臭い息を吐きながら手に持って「本当なのか、なぜなんだ」と問いかけた。酔眼のなかに遺影が揺れ、ただ笑み続けるだけで無言だった。

喘ぎながら久雄は骨壷を開け、千鶴子の骨片を口にした。ざらざらと乾いた無機質な感触しか生まれなかった。

足元も危うく立ち上がった久雄は、遺影を壁に掛け直し、ゆらりゆらりと見上げながら、「裏切ったのか、千鶴子。そんなことないよな。嘘だろう?」と呟いた。その横に朦朧と見える坂本の幻影に「いつもの悪い冗談だろう」と呟いた。

五日後の夜、焼酎の壜を握り締めたまま、久雄は坂本の言葉のすべてを事実として受け入れた。そのとたん、抑えに抑えていた嫉妬と怒りが爆発した。ひたすら久雄だけを見つめている遺影を壁から引き剥がした。ガラス窓に投げ付けた。跳ね返って床に落ちた遺影の栗の実のような千鶴子の眼は久雄のはるかその先を見ていた。笑みを含んだその口からは「ごめんなさい」という言葉は聞こえなかった。秘密にしたまま死んだのだと思うと言いようのない衝動が体を痛く貫いた。

骨壷を両手で持ち上げた。畳の上に放り出した。蹴飛ばした。何度も蹴飛ばした。骨片が飛び出した。焦げ茶の絨毯に白く散乱した。

前のめりになって久雄は部屋を飛び出した。足元で白骨の砕ける音がした。

履くのももどかしく、久雄はスニーカーを突っかけ、かかとを踏みつけた。車のドアを烈しく閉め、エンジンのキーを千切り取るほどに回した。アクセルを目いっぱい空吹かしした。久雄の顔から表情が消え、死人よりも蒼白くなった。酔いにもつれる口が何度も叫んだ。

「ぶん殴ってやる。ぶっ殺してやる」

急ブレーキの甲高い音を立てて車は夜間専用の出入り口の前であやうく停止した。

警備員と男の事務員が飛び出してきた。押し入ろうとする久雄は二人に組みつかれた。警備員の頬をかすった久雄の右手は勢い余って事務室のガラス窓を突き破った。思わずおさえた指の間から血が溢れ、こぼれ落ちた。人が集まってきた。パトカーのサイレンが急接近してきた。

　翌々日の夕方、久雄は釈放された。

　家に帰り着き、散乱した千鶴子の遺骨を拾い集めて骨壷に納めた。そしてその前に座り込んだまま動かなかった。

　思いついたように立ち上がった久雄は会社に電話した。偽りの事情を告げ、無断欠勤の詫びを入れ、暫らく休むと社長に伝えた。「そうか」と社長は言ったきりだった。素っ気無いその言葉に、久雄の心の中でまたひとつ形のある大切なものが崩壊した。誰も彼もが馬鹿にしてやがる、裏切りやがって、と歯軋りしながらその場で退職届を書いた。

　翌日、目覚めてからちらちらとテーブルの上の退職届に目をやっていたが、昼を過ぎた頃に破り捨てた。惨めさと自分の意気地のなさが悔しかった。突っ伏し、呻きながら、無傷の左手が痛くなるまで絨毯の床を叩き続けた。声高く嗚咽した。

　三日後、中学時代のクラスメートから知らせが来た。

「葬式は、明後日の……ええっと、ちょっと、待てよ」

「行かないよ、おれは」

　右手の汚れた白い包帯を久雄は見ていた。

「なんで？　おまえたち、一番親しかったんじゃ」

最後まで聞かずに久雄は電話を切った。ざまあみろと何度も口にして部屋を歩き回った。

はたと立ち止まった。何でこんなに虚しいんだと久雄はうなだれた。

4

坂本が千鶴子をたぶらかしたという思いだけが日増しに大きくなった。死んでしまったとはずる過ぎると感情が沸騰した。居ても立ってもいられなくなった。

十日後の夕方、坂本の家を訪れた。たとえ遺骨にでも怒声を投げつけてやらなければ収まりがつかない。

深呼吸をしてからチャイムを押した。玄関の明かりが点灯した。心臓がシンと冷たくなった。つばを飲み込んで身構えた。静かにドアが押し開かれた。

晩秋というのに黒い紗の薄手のワンピースをふわりと身につけた坂本の妻は静かな表情をして久雄の顔を見た。

「待ちかねておりました」

待ちかねていただってと無言で反復して立ち尽くす久雄に坂本の妻がやわらかく微笑んだ。彼女のそんな微笑を見た記憶が無い久雄はさらに面食らった。

坂本と飲み交わしたいつもの和室に線香の匂いは無かった。白布をかけた低い台に、金糸銀糸の布に包まれた骨箱と坂本の遺影が供花に挟まれて置いてあった。白菊の青臭さが鼻をついた。

遺影を見下ろした久雄は、「ちくしょう」と呟いた。坂本の妻はかすかな笑みを見せて何も言わなかった。

遺影は千鶴子と坂本と久雄の三人で金沢へ旅をしたとき、久雄がシャッターを押した写真だった。千鶴子の亡くなる三年前だ。楽しかった記憶がよみがえった。あの旅のあいだ、坂本と千鶴子は自分に隠れて何をしていたのだろう。強く唇を噛んだまま久雄の体が固まった。坂本の妻がこの写真を選んで引き伸ばしたのだ。何を考えているのだと振り返ったが、そこに坂本の妻の姿はなかった。破り捨てようとその写真に手をかけたとき、坂本の妻が白い茶碗を漆塗りの丸盆に乗せて持ってきた。その丸盆にも今となれば三人で旅した痛い記憶があった。

両家族とも子供がいたわけではないのに坂本の妻は久雄たちとの旅には決して加わらなかった。その理由を坂本に聞いても定かではなかった。不仲な二人ではないかと思って坂本を揶揄したことがあったが、あっさりと笑い飛ばされた。

丸盆の上の茶碗を押しやり、坂本の妻は久雄の顔を見て少しハスキーな低い静かな声で言った。

「やりきれませんでしょう？　お酒を用意いたしました」

「車なので、飲めません」

久雄は冷ややかに押し返した。

「あら、そうなんですか」

坂本の妻は涼しい声を返してきた。久雄の肩の力が抜けた。

傷が癒え始めた右手で茶碗を取って久雄は一口だけ口に含んだ。それを見た坂本の妻は深紅の唇を白い茶碗に薄く当て、ゆっくりと飲み干した。茶碗を丸盆に置いた久雄は坂本の妻と坂本の遺影に忙しく目をやった。

「やりきれないか、たしかに」

膝頭に手を並べ置いた坂本の妻が久雄の真正面にいる。千鶴子と違ってその手はほっそり長く、どういうわけか生活の匂いが感じられなかった。日常が匂い立つ千鶴子の何に、そしてどこに、坂本は惹かれたのだろうと思った瞬間に久雄は口を歪めた。

「妻と坂本は、実は隠れて逢っていました」

坂本の妻は静かに「はい」と答えた。

逢っていたなどという曖昧な言葉で悔しいほどに生臭いあの事実を薄めさせてしまった。千鶴子への思いがまだあることを知った久雄は口を真一文字に固め、心の中で自分を、千鶴子を、そして坂本を罵った。

白い茶碗を包み持ったまま坂本の妻は「承知しております」と言い足した。静かな口調の中に冷たい怒りが感じられた。病室で自分に向けられた坂本の妻の冷ややかな眼差しを思い出した久雄は千鶴子が申し訳ないことをと言いそうになった。

冗談じゃないと坂本の遺影を睨みつけた。たぶらかしたのはおまえだと眼差しで責めた。

「あのとき、廊下で聞いていたのですね」

遺影を睨みつけたまま久雄は言った。坂本の妻がかぶりを振る様子を久雄は左目の端にとらえた。

「奥様と、いえ、あの千鶴子と、そうなっていた時から、承知しておりました」

その口調がきつかった。久雄は坂本の妻の切れ長な目を見た。

「それなら、あなたが、あの二人を引き離してくれたのですか。四、五年の関係だったと、坂本から聞きました」

坂本の妻の表情がかすかに歪んだ。

「わたしには、何もできませんでした。見て見ぬ振りをするだけでした。わたしには、あのとき、失うものが多すぎましたから」

苦しみの陰影をかすかに見せた表情からはこれまでまとっていた冷ややかな壁が崩れていた。

「そうでしたか。わたしはまったく気がつきませんでした」

坂本の妻はうっすら微笑んだ。坂本が良く見せた、そうでしょうとも、とでも言いたげな軽侮がそこに感じられた。

「分かるのですよ。とくに、二人が一緒に過ごしたあと、などには」

坂本の妻が奥歯を噛んだようだった。

妻とのセックスに感じた微妙な変化がお互いの快感と満足感を深めたと喜んだことを久雄は一瞬に思い出した。胃液がせり上がってきた感覚に久雄はみぞおちあたりを押さえた。

「辛かったですね」

久雄は共感を込め、しかし、力のない声で言った。

「ええ」

ほっそりした紅色の口元が微笑んだ。

何で笑えるのだ。穏やかでいられる坂本の妻の心が合点しにくかった。

「ちまちま、ですが、夫に、いや坂本に、実は、わたし、復讐はしていたのです。あなたにも、それとなく、二人のことを伝えていたのに」

坂本の妻の目が吊りあがって見えた。久雄はいつどこで何を彼女に言われたか思い出そうとした。

「あなたがそれに気がついて、別れさせてくれたら、などと、願っていたのです。あなたにならできたはずですから。なのに」

「気がつきませんでした」と久雄はうなだれた。

「ですから、わたし、おふたりには、ざっくり、お返しさせていただきました」

　坂本の妻は口角あたりにだけひんやりと人工的な笑みを浮かべた。それを見た久雄は言葉が出せなかった。

「お見舞いをお断りしろと坂本に言われて、あなたにそう伝えたあとのことでした。坂本に、千鶴子との間にあったことをあなたに言え、と迫りました。だって、あなただけが知らないままで、のほほんといるだなんて、許せませんでしょう？」

　少し膝が動いて詰め寄られた気がした。

「坂本は、おまえ、知っていたのか、とそれはびっくりいたしましてね」

　ほっそりした白い手を紅色の口に当て、坂本の妻は思わず洩れる笑みを隠したが、それは手から透けて見えるようだった。

「そのときの狼狽振りは、今、思い出しても、おかしくてなりません。愛していたのはおまえだけだ、なんて言うのですよ。でも、それって、身勝手ではありません？　ひどい言い草ですよね。千鶴子だって、同じこと、言ったでしょうよ」

　坂本の妻の眼は久雄の顔に定まったままだった。その強い光から逃げようもなく、久雄はまるごと受け止めるしかなかった。

「男の方って、無様なものですね。それを知っていれば、まだ始めのうちに、別れさせること、できていたかもしれないと、今になって悔しく思います」

少し吊り上げた切れ長の眼の表情がさらに凄まじく感じられた。坂本の肝臓癌はこの女の復讐の結果かもしれないと久雄は身を縮めた。

「悔い、ですか」

その眼から逃げたくて、久雄はその後をうながすしかなかった。

「後悔ですね」

かすれた低い声にその悔いと悲しさが色濃く感じられ、久雄の心の襞の隅々まで滲み込んできた。

「坂本は拒みましてね。死に際を汚せないなどと言いまして。ねえ、これもおかしな言い分でしょう。私を散々に踏みにじって、あなたも裏切っておいて、知らん顔をしたままでいた男の言えることですか。身勝手だと思われませんか」

久雄は胆汁を口に含んだような苦さを覚えた。坂本の妻はやっと思い知ったのですかとでもいうようなにこやかな笑みを口元に浮かべて見せた。

「ならば、わたしから、と迫りますと、観念したらしく、自分から話すから止せ、と。それでも、あれこれあって、ようやくのことでした、あなたにおいでいただけたのは」

坂本の妻は静かに言い終えた。久雄の心がざわめいた。落ち着かない心がその表情にめまぐるしく表れた。それを見た坂本の妻の顔にはことを成し遂げたとでも言いたそうな笑みが広がった。

「ならば、千鶴子だけが、無傷で、ぬけぬけとあの世に逃げてしまった」

坂本の妻の目が光った。

「坂本を誘い込んだのは、千鶴子です。坂本はそう言いました。ですから、裏切られたあなたから、千鶴子にはきちんと手を下してもらいます」

坂本の妻はゆるりと立ちあがり、静かに部屋を出た。久雄はほおっと息をついた。とたんに彼女の言葉が心にのしかかった。

千鶴子が坂本を誘い込んだ？

久雄の思考が停滞し、「まさか」という言葉が口に出た。千鶴子を信じたい気持ちがまだあることに久雄はまた気が付いた。

坂本の妻が江戸切子の青いグラスに酒を入れて持って来た。そして久雄の前にそれを静かにおいた。はっきりしないがそのグラスにも三人の思い出が感じられた。

「実を言えば、坂本は、どこまでも、自分をかばったのですよ、かどわかしたのは、間違いなく坂本です。卑怯な男です。それに」

坂本の妻は両手に持ったグラスを口に運んで一口だけ飲んだ。丸盆にグラスを静かに置いてから、坂本の妻は白くて長い指を黒いワンピースの膝の上にゆったりとからみ合わせ、久雄を凝視した。

やっぱり千鶴子からではなかったと知った久雄は安堵に頬を緩めた。それを見た坂本の妻が鋭い口調で言った。

「それに、坂本が、四、五年と言ったようですが、それは嘘です」

切子のグラスに伸ばしかけた久雄の手が止まった。

「千鶴子が死ぬまで、二人は、続いていました。あなたのいない昼間に、営業の合間を盗んで、坂本は千鶴子の病室に行っていたのです。何を話して、何をしていたのやら。もちろん、あなたは知りませんでしょう？」

久雄は坂本の妻の紅くて薄い唇を見たままだった。その言葉の具体が描き切れなかった。

「坂本は、あなたにも、私にも、ひどいことをしていました。千鶴子もですが」

坂本の妻の眼に嫉妬が見えた気がした。

「千鶴子が一番ひどいことをしていたんです、夫であるあなたに。しらばっくれたまま死んだのですから。で、坂本ですが、死に際の自分の名誉とかを、庇いたかったのですよ。馬鹿馬鹿しい。だから、あなたにも嘘を言い張った」

揶揄とも冷笑とも取れそうな言い方で坂本の妻は言葉を切った。久雄の脳天から足裏まで冷たい衝撃が貫いた。それはすぐに真っ赤に焼けた鉄棒となって心をえぐった。

坂本の妻が一緒に旅しなかった理由が納得できた。無様なピエロを演じたのは自分だけだったと久雄は打ちのめされた。

「わたしは、坂本の姓なんぞは、捨てます。そんな男の墓守など、真っ平ごめんこうむりますので」

冷酷無惨な真実の力に耐えきれなくなった久雄は腰を浮かせた。

「おや、もう、お帰りですか。もっと、あれこれお話がしたいし、坂本のことで、千鶴子のことで、あなたに、まだ、いくつかお願いしたい事もあるのですが」

坂本の妻は静かな穏やかな表情に戻って久雄を引き止めた。「もうたくさんだ」と言って久雄は立ち上がった。

5

稔り田を渡る風が軽い音を立てる道に車を止めた。

車から出た久雄は、ドアに寄りかかって晩秋の夜空を仰いだ。千鶴子が死ぬまでふたりは続いていたという言葉と、千鶴子は死ぬまであの病室で毎日を坂本と秘かに逢っていたという言葉が、ガラスの破片のように胸に刺さったままだった。薄く光がまたたく星空に坂本と千鶴子のふたりだけしかいない静かな午後の病室の映像が広がっては消えた。千鶴子が一番ひどいことをしたと言った坂本の妻の冷ややかな声が頭の後ろで重く響いた。彼女から突きつけられた久雄の想像もしたことのない映像世界がとどまることなく眼前に映し出された。

車に戻った久雄は思いを押し潰すようにハンドルに突っ伏した。そうしていても記憶や感情が音を立てながら泡となって浮かんでくる。久雄はハンドルを幾度も叩いた。

家に帰り着き、骨壷の前に座った久雄は脈絡無く呟いていた。

小一時間ほどしてから静かに立ち上がり、押し入れから厚めの紙袋を探し出し、それを手にしたまま骨壷をながめていた。口を広げた紙袋を床に置き、千鶴子の骨壷を両手で持ち上げて押し込んだ。

午前一時を過ぎていた。利根川に近いコンビニの駐車場の隅に車を止め、千鶴子がいつも座っていた助手席に置いた紙袋を無言で眺めた。

突然、「ちくしょうめが」と小さく叫び、久雄はその紙袋を手にして車を出た。ドアを音高く閉めたが、そのままそこに立ち尽くした。

駐車場に入る車のライトが眼を射したとき、久雄はし掛け人形のように右足を踏み出した。

利根川を渡る大橋までの道は上り坂だった。勢いを付けて久雄は狭い歩道を上って行った。

大型トラックの爆音が近づく。風を起こしながら久雄を追い越す。ライトに照らされた久雄の影が道路や薄汚れた肌色の構造材に大きく伸びては縮む。車両の重みで生まれた波長の長い揺れに足元を取られる。内臓が共鳴する気色の悪さに吐き気が生まれる。爆音を曳きながら大型トラックが遠ざかってゆく。深い静寂となる。オレンジ色の街路灯にあたりが暗く染まる。

目の下に緩やかで豊かな流れが見えた。久雄は立ち止まった。歩道に置いた骨壷をかがんで開けてみた。オレンジ色の街路灯に染まって、千鶴子の遺骨はただの木屑のように見える。橋げた越しに見下ろすと、暗い流れが音もなく滑って重い引力を見せている。

そこに引きずり込まれてもいい。妻に、親友に、長い間を裏切られ、それに気付くことなく愚かしいほどおめでたく生きていた自分にはそれがふさわしい。妻に先立たれたやりきれなさ、寂しさ、孤独感、知らなくてよかったかもしれない事実、知ってしまったがゆえに担うことになった苦々しさ、焼き刺すような嫉妬、怒り、恨み……。

千鶴子より先に死ねば味わうことがなかったさまざまな感情が圧倒的な暴力となって久雄を叩きのめした。早すぎる死を悔やんだかもしれないが、早いほうがはるかに幸せだったはずだ。千鶴子よりも坂本よりも長く生きることになった自分の命を久雄は罵った。橋げたを叩いた。そして呻いた。時おりスピードを落とした車から運転手がいぶかしげに久雄を眺めて通りすぎた。

橋げたを左手で掴んで久雄はゆるゆると立ち上がった。絞るように「馬鹿やろう」と声を天に向かって呟いた。千鶴子へなのか坂本へなのか分からなかった。神に向かってかもしれないと久雄は思い当たった。

橋から身を乗り出し、紙袋を両手に吊るし持った。重みで紙袋が揺れた。久雄は無表情にその指先を開いた。一緒に引き込まれそうになって足を踏ん張った。「どぼっ」と鈍い音が聞こえた。骨壷を入れた紙袋は黒い流れに少しだけ浮いてからあっけなく消えた。

自分の前から千鶴子は抹殺された。

止めていた息を吐き出しながら久雄は車に戻り始めた。しかし心の内は暗むばかりだ。何かがおかしいと脳を研ぎ澄ました。

「違う！　ああ、違う」

この五年の間、噛んで呑み込んだ千鶴子の骨は久雄の細胞となって生きている。

「冗談じゃない！」

身にへばりついた汚物を振り散らすように激しく頭を振り、胸や、腕や、太ももを両手で叩き払った。

顔を上げるとコンビニの灯が誘蛾灯のように闇の中に輝いていた。久雄は足を引き摺るように、やがて小走りに道を下りていった。

白い光があふれ返る店に入り、ゆっくりと一回りした。温かい茶と鮭のおむすびをひとつだけ買って車に戻り、運転席に冷えた身を沈めた。茶の甘渋い味が舌を撫で、温かい感触が食道を滑り落ちた。おむすびの包みをシャワシャワ開いて噛み付いた。こいつらを隅から隅まで自分だけの細胞にしてやるという思いが頭の中で何度も響いた。

クラクションを鳴らした車が目の前の道を通り過ぎた。コンビニの駐車場に入った車の光が運転席を雷光のようによぎった。

「あいつの骨を、踏み潰して、こなごなにして、捨ててやる」

久雄はペットボトルを握り締めた。キシャ、クシャと乾いた悲鳴を立ててそれは潰れた。エンジンをかけた。空ぶかしの爆音を幾度も立てた。コンビニの中で雑誌を見ていた金髪の男が「何だ？」と言いたげなように顔をあげたとき、久雄の車は駐車場を飛び出した。

チャイムを押した。幾度も押した。家の中に灯りが点り、ドアを静かに押し開けた坂本の妻がさっきと同じようにやわらかく微笑みかけた。

「きっと、また来られると思っていました」

部屋に通された久雄は立ったまま言った。

「あいつの骨を貰いたい」

彼女は眩しそうに久雄を見上げた。

「どうなさるのですか、これを」

彼女の目が骨箱に向いた。久雄はかっと目を見開いた。鈍くて赤い光がその眼の中に燃えていた。

「新潟に、日本海に、棄てる」

「日本海？　新潟ですか。それはまた、ずいぶん遠くに」

彼女の眼にも赤い光が見えたが、それは怒りでも拒絶でもなく、むしろ喜んでいるように見えた。

「千鶴子の骨は、さっき、利根川に棄てた」

彼女の白い顔にさあっと赤みが広がった。満面の笑みがさざ波を描いた。

「それは、それは。そうして欲しいと願っていました」

彼女の鋭い視線が骨箱に走った。

「だからですね、反対側の日本海なのですね？」

そう言われたとたん、久雄は日本海でも不満なことに気が付いた。

彼女は軽く頷いて部屋を出た。すぐにビニールの白い風呂敷を持って来た。それを畳の上に広げ、骨箱から引き出した骨壺を両手で抱きかかえ、勢いよくぶちまけた。

千鶴子のものとは違って分厚くて頑丈な白骨が風呂敷の白さを圧倒して散らばった。この骨に肉をまとった坂本に抱かれて赤く染まっている千鶴子の白い肢体が見えた。久雄はきつく唇を閉じた。

彼女は骨のぶつかる音を高々と立て、風呂敷を手早く丸め、もう縁はないという素振りでしっかりとその端を結んだ。

「どうぞ、お好きに」

立って見下ろす久雄の足元に彼女はそれを置いて微笑んだ。その潔さに久雄はたじろぎながら思わず訊ねていた。

「坂本の親御さん、ああ、もういないか。そうだ、ご親戚なんかに、どうやって、なんて、あなたは、どんな言い訳、するんですか。遺骨がなくて」

しどろもどろに言葉を継いだ久雄に、彼女はこれ以上の満足は無いという笑みを頬に口元にそして眼の奥に浮かべた。

「言い訳など、いたしませんわ。石ころでも、砂でも、枯れ枝でも、そんなものを入れておきましょう。わざわざ開けて中を見る人など、ありませんから」

死んだ後でしか手を下せなかったという思いが黒雲のように増殖して久雄は臍を噛んだ。虚しさが染み出し、久雄は音もなく座り込んだ。

「どうなさいました」

彼女がやわらかな優しい声で聞いてきた。顔を上げた久雄を彼女は静かな満ちたりた表情を浮かべたまま受け止めた。その顔を見て久雄の体から力が抜けた。涙が溢れそうになった。

「何も知らずに、おめでたく生きてきて、知ってしまっても、それはもう手遅れで、仕方なく、おめおめと、惨めに、生き延びて、おれは」

継ぐべき言葉がもう見つからなかった。

「あら、なにを仰います」

強いが優しさを帯びた彼女の声が体の奥深くで響き渡った。強い光を帯びた彼女の切れ長な眼と涙に光る久雄の一重まぶたの眼とが絡み合った。

「いま、ここに、私たち、生きているでしょう?　私たちは、まだ生きていけるのです。死んでしまったあの二人は、もう何もできない。地団太踏んだって、私たちのいるこの世界で、何もできないじゃないですか」

彼女が静かににじり寄った。

「私たちにはできる。何だってできる」

風呂敷の上に置かれた久雄の手に重ねた彼女の白い手は意外なほど熱を帯びていた。

「私たちのほうが、ずっと幸せじゃありません?」

久雄の体の奥にそして心の奥に何かが燃え上がった。

「さあ、ご一緒します。車でなら、夜明け前には着けるでしょう」

彼女は強い力をこめて久雄の手を握り、もたれ合うように立ち上がった。ビニールの風呂敷のなかで坂本の遺骨が乾いた無機質な音を立てた。

雨、雨、降れ、降れ

今日もハローワークに行った。

ようやく空いたパソコンの前に座る。年齢条件だけをクリアしていれば検索対象にあれこれ注文は無かった。

相談カウンターを挟んで担当官が電話をしている。佐太郎はじっと彼女の口元を睨んでいた。なまなまと動く分厚い唇は異生物のように不気味だった。

彼女が電話口を押さえた。

「須田さん、面接、すぐって、言うんだけど」

「はあ、履歴書持っていますから」と答えると、彼女はにっとうなずき、受話器に向かってしゃべり始めた。

しかし、すぐにと先方が言うのは、おれを欲しいからじゃない、断るための格好の口実だと直感した。佐太郎が人事を担当していた頃に便利に使ったことが何度もあった。もう充足されているのだ。それをハローワークに連絡していなかったのだ。

佐太郎は紹介された印刷会社に行った。

どことなく埃くさい、そして殺風景な建物が軒を連ねるなかの一つ、錆びた鉄の門扉を半分開いた建物がそこだった。狭い道を挟んで雑草が青々と生い茂った土手の上にＪＲの架線が夏の空を汚している。

事務所の出入り口近くにいた中年の女に声をかけた。

待たされた末に案内されたのは、長テーブルひとつだけが置かれた部屋だった。棚には印刷材料となるさまざまな色や大きさをした紙が積まれてある。

「こんなもんだ」と言って折り畳みの椅子に座るとすでに敗北感が滲み出て来た。

京浜東北線の青い車両が開け放たれた窓の向こうを通り過ぎる。やかましいけれどもリズミカルな鉄輪の音が佐太郎の気持ちを整理してくれた。

面接した男は背の高い若造だった。履歴書の一ページだけを目に追い終えて、彼は顔を伏せたまま沈黙している。二ページ目には総務、経理、人事、財務にわたる多くの資格や免許が書いてある。しかし、彼が見ていたのは転職履歴だけだった。

佐太郎は腰の力を緩めた。とたんに肩が崩れ落ち、体が一回り小さくなった。

彼は慣れた手つきで履歴書を封筒に入れ、「残念ですが、とても残念なことなのですが、弊社は須田様のお役には立てないようです」と口元を吊り上げた笑いを作った。彼の歯が白く光った。首の皮一枚も残さずに切り落とされた気がした。

履歴書の入った封筒を佐太郎の前に押し戻すと、彼は窓の外に目を走らせたり、棚に視線を流したりしている。佐太郎が身動かずにいると、もう、終わったんだからさ、と言わんばかりに佐太郎の額を見下ろした。

立ち上った佐太郎はていねいに椅子を戻し、「お手数をおかけしました」とできる限り美しく頭を下げた。でなければ無残な負け犬になってしまう。

門扉に浮く錆をざらざらと手にこすりつけ、赤茶けた粉が貼り付いた手のひらを見つめたあと、佐太郎は振り返ることなく歩道に出た。頭の上から電車の音が延々と降り落ちてきた。鼓膜が痺れるほどの重量感が佐太郎を押し潰した。

佐太郎は背筋を伸ばした。幾本もの架線がたわむ高い土手と、反対側に立ち並ぶ工場群に挟まれ狭められた夏の空が仰向いた目に青く映る。雲が光を白く反射している。「あぁぁ」と佐太郎は声を上げた。少し生き返った気がした。

ガード下を潜り、駅に向かう狭い道に入ると、カタログで見るようなヨーロッパタイプの家や、修理あとが目立つモルタル塗りの家が混在して続いていた。猛スピードの自転車に追い越され、大型トラックに押しのけられ、そのつどブロック塀に張り付けにされた。電車の通過音が0コンマ1秒も絶えることなく降り、それが耳鳴りのようになって佐太郎の鼓膜の辺りにいつまで残った。どんよりした疲れがそして虚しさが隅々まで運ばれて体を穴ぼこだらけにしてゆく。

今晩はシャワーを浴びてさっさと寝よう、眠るに限る。それが一番だ。

マンションに帰った佐太郎はコンビニ弁当を袋から取り出した。今日は海苔弁から格上げした牛の焼肉弁当だ。電子レンジで温め、容器に密着したラップを手間取りながら外す。丸めたラップを持ったまま佐太郎の手が止まる。「えい！」と気持ちを励まし、指先を切りそうになりながらプラスチックのふたを開けると、嗅ぎ飽きてしまった弁当の臭いが食欲を萎えさせる。佐太郎は甘辛そうな照りを返している皺くちゃな牛肉を睨みつけ、ため息と一緒にテレビをつけた。

大型画面に原色がまき散らかされ、それを背景にしてタレント連中の馬鹿笑いと騒がしいトークが噴き出してきた。佐太郎の指先がリモコンのキーを滑る。ＢＳ番組に変えた手が止まった。野球中継だった。弱い阪神も強い巨人も嫌いだ。指が動いた。サッカー中継はやっていなかった。

佐太郎はテレビを切った。音も立てずに音が消えた。天井から滴り落ちる静寂が部屋のなかを埋め尽くしてゆく。佐太郎はグラスの水を飲んだ。ぬるい。叩きつけるように戻すと怒声を発した。勢いよく割り箸を割った。それは無様な形に割れた。「ちぇ！」と佐太郎は首をひねり上げた。壁に掛けてある黒い帯がたすきがけになった額に目が止まる。そこに納まっている写真は妻の幸恵だった。

幸恵が今日も笑っている。幸恵はいつでも笑って佐太郎を眺めている。死んだら、いつまでも笑い続けるだなんて、疲れることだ、とまた思った佐太郎は苦笑し、「お疲れさま！」と誰に言うでもなく呟いて弁当に割り箸を伸ばした。

脂っこくて味の濃い、でもみごとに薄切りされた牛肉を噛みながら、佐太郎はテーブルをこぶしで叩いた。

「なにやってんだか、おれはさ！」

グラスが飛び上がり、テーブルの端に投げ出してあったケイタイが床に落ちた。そして音を立てた。メールの着信メロディーだった。

この頃は誰からもメールはない。電話もない。あっても「残念ながら」と断りを入れる人事担当者からだ。それも最近はほとんどなくなった。

受注が減ったとたん、まずは佐太郎が会社から放り出された。幸恵の葬儀には会社の大勢が参列し、よく看病したと褒めていたのに、そのために有給休暇を取りすぎたことが肩叩きの口実になった。再就職のつてに頼ろうとした社外の人とのつながりは当たり前だと言わんばかりに次々と断たれた。

「結花だ。まだ、おれを」

きらきら光るインテリア、壁に陰影を描くブラケット、シャープな光を束にしてテーブルに落とすダウンライト。ロングドレスを身にまとってなだらかな曲線を見せる女たち、あちこちから巻き起こる声、そして、やわらかなドレープを重ねながら垂れる白いカーテンに揺らぐ人影。

結花の声が聞きたい。話がしたい。そして結花の体に触れたい。

佐太郎はケイタイに手を伸ばした。その手は宙で五寸釘を打ち込まれた。結花のいる店に行けば万単位の金を費やすことになる。

「金の切れ目が、縁の切れ目。貯金が絶えれば、そうさ、命の切れ目だ」と呟いた佐太郎は「やめた、やめた。風呂に入って寝る！」と椅子を後ろに押しこくった。

食べ残した弁当をコンビニの袋に押し込み、力いっぱいその口を結んだ。そしてその上にまた結んだ。縛り口に顔を寄せて臭いをかいだ。目が覚めて食べかけの弁当を見ることも、明日の朝までこの焼肉の臭いのなかで眠ることもやりきれない。

佐太郎は壁際に置かれたごみ入れの大きなふたを引き開けた。

いくつもの袋が積み上がっている。袋の山を右手でぐしゃぐしゃと押し潰し、左手に持っていたビニール袋を投げ入れた佐太郎は「ふん」と鼻を鳴らしてふたをした。

バスタブに湯が満ちるまで待ちきれなかった。佐太郎は関節という関節を全部曲げて狭いバスタブに浸かった。湯は腰の辺りまでしかない。

目の高さに便器があった。佐太郎はそのフォルムを眺めた。排泄物を呑み込み、清潔に処理する白い容器は、思いのほかやさしい曲線をさりげなく与えられていると思った。身を伸ばしてコックをひねり、便器の水を流してみた。軽快な濁音がバスルームに響いた。汚物が地の底に呑み込まれてゆくイメージが浮かんでくる。

おれも排泄物？　だれの？　神の？　宇宙の？　親の？

佐太郎はバスタブに身を沈めたまま体を洗った。シャワーで泡を洗い流し、濡れた足跡を床に残し、目の前にある冷蔵庫から取り出した缶ビールのプルを引いた。一Kのマンション生活に慣れると、何もかもが手の届く範囲にあって、これはこれで悪くはない。

涼しい音を立てて白い泡が缶の上に山とあふれ、渇いた喉をそして苛立つ心を誘う。

素裸の腰に手を当て、立ったままラッパ飲みにした。口の中がシュワっと涼しくなった。胸の真ん中を冷たい液体が流れ落ちた。

「ふう」と気の抜けた息を漏らして佐太郎は部屋に戻った。空調の風がひんやりと体を滑ってゆく。バスタオルを腰に巻き、佐太郎は立ったままテレビをつけた。

コマーシャルタイムだった。筋骨たくましい男たちが崖の上で天に向かって胸を張り、佐太郎と同じ格好をして栄養ドリンクを飲んでいる。それを見ながら「おう！　スーパーマン」と変な節をつけて言い放った佐太郎は「へっ」と笑った。

咽喉を鳴らしてもう一口ビールを飲んだあと、どさっと椅子に座り、テーブルの上にあるケイタイを取り上げ、片手でメールの画面を開いた。

やはり結花だった。文字の切れ目に、絵文字なんだか、キャラクターなんだかが、ちらちら動いている。目の衰え始めた佐太郎には点のように小さくて良く見えない。

「あめ、あめ、降れ、降れ、もっと降れ～　私の心はずぶ濡れよ～。by、八代亜紀。明日晴れるといいね」

結花らしいメールだった。「ご無沙汰ね、逢いに来てよ」と言うのだ。でももう一方で、「今、大変なんでしょ？　ずぶ濡れになっててもね、明日になれば何とかなるって、晴れたらいいね、うぅん、晴れるに決まってる」と励ましているのだ。それが結花なのだ。

思わず弛んだ口もとを手の甲で拭きながらもう一度読み返した佐太郎は「こんな古い演歌、よく知ってるな」と苦笑いしてベランダのガラス戸に歩み寄った。

滅入るし、イラつくし、ちょっとだけ、行ってみようか

佐太郎はカーテンを引き、ガラス戸に指先をかけた。戸は突っかかり、ひしげながら開いた。湿気を含んだ暖かい大気が、粘りつくように入り込んでくる。

外は雨になっていた。それも白いすだれとなって夜の闇を埋めるほど降っていた。

閉じ込められたな、それが今のおれだな。

雨が吹き込んで足元が濡れた。水はけの良くないベランダは水浸しだった。佐太郎はそれに構わず五階からはるか彼方まで見渡した。上野周辺にちらばる繁華街が色をまとった灯火をにじませている。賑やかな街の姿が灯火の海に浮かび上がってくる。

入院している妻を見舞った帰り、呼び込みの若い男に誘われるまま立ち寄った新橋のキャバクラに結花はいた。歯に衣を着せぬ物言いをし、胸や尻に触れると「ここはね、そういうお店じゃないの！」と言うから「キャバクラだろ？」とまぜっかえすと、「むん」と口をすぼめて「お仕置き！」

と言ってパシンと手の甲をたたいた。「なら、これみよがしのドレスなんか着るなよ」と噛み付くと、「お仕事だもん。これ、嫌い？」と胸の谷間を指差し、憎めない笑みを浮かべた。たまに「おっかさんがね」とか「おとっちゃんがさ」などと人情芝居でも見るような青森の実家の内緒話を聞かされると、作り話に決まっていると思ってもつい同情してしまい、ずいぶんと彼女の売り上げに貢献してきた。彼女が店を変われば、佐太郎も錦糸町、秋葉原と通う店を変えたが、ここ半年近くは会っていなかった。

「行ってみるか」

佐太郎は手にしていた缶ビールをあおり飲んだ。舌を薄く濡らすほどしか残っていなかった。ふいに風が吹き上がり、むき出したままの胸が雨に濡れた。佐太郎は「ったく、もう」と唇を尖らせた。やがて雨の音が小さくなった。「金がなあ」と呟く声はもっと小さかった。空き缶を握り潰すと、他愛ない金属音を残し、美しいフォルムは皺くちゃになった。

足にぶつかった小さなくずかごに空き缶を落とし入れたのと一緒に、結花に会いに行く気持ちは雨にぐしょ濡れた綿みたいになって床に落ちた。

冷蔵庫からビールを取り出し、それを手にして部屋に戻り、佐太郎は椅子に座って真正面のテレビに目をやった。

ニュースが流れていた。国会議員たちがぎらぎらとエゴを発光させ、衝突を繰り返すだけの政治ショーを見せている。「国民の皆様に」なんて言葉をかぶせてからしゃべり出すことを聞いていると胸が悪くなる。

あいつらはおれみたいな世界を知らない。

佐太郎はチャンネルを変え、北海道を巡る旅番組に目を止めた。そして「旅かぁ」と呟きながらプルを引き上げた。缶の中に閉じ込められていた空気が、「ヤッタァ！」と声を上げて飛び出してきた。解放された喜びが爆発したみたいだった。それは佐太郎の心をチクンと突き刺した。「こんちくしょうが」と怒鳴った佐太郎は缶ビールをテーブルに置き、ビールの缶を睨み回した。

大きなひとつ星が黒地のなかで金色に輝いている。佐太郎は「金の星かよ。おれは、鉄の星だって、つかめやしない」と缶ビールに喧嘩を売った。そして缶を掴み取り、ごぼごぼと音を溢れさせながらビールを飲み干し、金の星を握り潰してくずかごに放り投げた。捨ててあった缶とぶつかりあって音を立てたがすぐに静かになった。

テレビから媚びたような女の声が聞こえてくる。旅番組は韓国ドラマになっていた。佐太郎はしばらく眺めていた。色彩も、セリフも、女優たちの顔もその表情も遠い世界で起こっているおとぎ話をめくり読んでいるようだった。

ガード下でひとり生活しているホームレスの姿が脳裏に浮かんできた。ごみと変わりない雑多なものを積み上げ、道路に布団を敷いて横になっている。勝手に起こるらしい顔の横ぶれが止まらない。病気なのだろうが病院に行けるはずもない。でも、生きている。このマンションに引っ越してきてからずっとだから、三年以上はそんな風にして生きている。昼間はいないから、働いているか、公園かどこかのベンチで横になっているのかもしれない。

「ほれ、みろ、金の星だなんて偉そうにしてやがったおまえだって、今じゃ、ただのゴミになった」と佐太郎はくずかごの中にあるビール缶に向かって罵った。

「おれもおんなじだ。かんたんに、ごみになっちまった」

佐太郎はクローゼットの前に立った。巻き付けていたバスタオルが外れて足元に落ちた。それを蹴飛ばした足にトランクスを通しながら幸恵の病み細った顔を思い浮かべた。

「早く逝っちゃって、おまえはさ、幸せだったんだ」

答えを待ったが、どこからも返ってこない。しかし、佐太郎は待った。壁の写真を見上げて待った。遺影がほほ笑んだ。もともとほほ笑んでいるのだけれど、「そうだね、そうかもしれないね、ごめんね」と笑いかけてくれたことにした。

「おれは、ホームレス、になんか、ならないぞ、あんな姿になんか」と佐太郎は声を張り上げた。そして、Tシャツの袖に腕を通しながらいつものように連想の数珠をまさぐった。

金が尽きたらさ、この部屋で餓死するんだ。孤独死だよ。腐敗しないうちに見つけてくれる真冬がいいな、うん二月だ。

「いやいや、自分で幕を引くくらいの意気地がなけりゃ」と声を上げた佐太郎はベッドに腰を下ろし、脳裏にファイルしてある自殺の方法を順にめくった。

弔ってくれる誰もいないんだから、やっぱり真冬の富士の樹海だな、眠るように凍死するのがいちばんだ。

今晩もお決まりの結論にたどり着いた。

「死に場所を確保してある、なんてことは、幸いだよな。なあ幸恵、そう思うだろ？」と佐太郎は遺影に問いかけ、肩を上げ下げしながら貝殻骨を回した。両肩がステップを踏むようにゴキゴキと音を立てる。首をひねりまわす。耳の下に軽い音が立ち上がる。背伸びをするころには肩の辺りにあった張りがゆるんでいた。

去年の秋に樹海を訪ねた。ためしに樹海の入り口からほんの四、五分ほど入り込み、「さて、と、もういいか」と言って帰り始めたとたんに道を見失った。手がかりとなる樹木の種類や姿形、石の形状などは記憶しなかった。何の目印もつけておかなかった。佐太郎はその場に棒立ちになった。真昼だというのにどんどん薄暗くなっていく気がした。息を止めて辺りを見回した。太い木や細い木がアトランダムに立ち並び、細い道は草の中に消え、空は色づきはじめた梢の先にまだらに見えるだけだった。

前後左右どちらを見ても同じ景色だった。

心臓が青く凍えた。佐太郎は前へ、前へとにかく前へとバネをほどいてゆく人形みたいな足取りで歩いた。死にたくないと思った。神に祈った。仏にすがった。天にいる妻にまで助けを求めた。

車の爆音が聞えた。走った。広い道に出た。腕章をつけた見回りの老人に出会った。すぐに近づいてきた老人に顔を覗き込まれた。

「アンタ、死ぬ気だったね?」

「いやいや、とんでもない」と佐太郎は裏返った声を張り上げた。

「大丈夫、できっこないよ、あんたには。な、そうだろう?」

諭すような口調で言われた。ムッとしたが、佐太郎は青ざめた唇で「はあ」と言い、しきりにうなずいていた。

あっさりと認めたことが心残りでならず、あれ以来「いざとなれば、おれにはできる」と何度も自分に言い聞かせてきた。

佐太郎はベッドから立ち上がって服を着はじめた。

結花に会いに行こうと思ったのだ。こんな滅入った夜はあのさっぱりした物言いで小突き回され、ひっぱたかれながら体にさわり、「そんなこと、真面目に考えてんの? ばっかみたい。人生なんて、何とかなるって」と笑ってくれる結花が一番だ。

綿のジャケットを羽織り、テレビの横に放り投げてあったダンヒルの財布を開けてみた。銀婚を祝ったときに幸恵がプレゼントしてくれた財布だ。その夜が二人で過ごせた自宅での最後の宴だった。

千円札が見えるだけだった。カードを入れるポケットにはＪＲのスイカと近所の店のポイントカードしか入っていない。クレジットカードはとっくの昔に使わなくなって細切れにした。

佐太郎は札を引っ張り出して両手で広げた。やはり野口英夫の顔しか見えない。福沢諭吉とは昨日別れたままだ。コンビニで現金を下ろしていかなければ足りっこない。

「金は、いいさ、まだあるんだから。どうせ、すぐに、死ぬんだ」

首を軽やかに振りながら「ケェセラアァ、セラァ、なるようになる、タッ、タッ、タアだ。先のぉ、ことぉ、なぁど、わからない」と佐太郎は口ずさんだ。ズボンの尻ポケットに財布を差し込むときには、三万円くらいは持っていなくちゃなと見栄を張る気分になっていた。

部屋のドアを押し開けて外廊下に出た。

雨脚が激しくなっている。駅前のビルから放たれる色とりどりの看板の光が闇ににじんでいた。吹き抜けの階段で、横殴りに吹き込む雨に打たれた。ほんのりした温かみをふくむ雨だった。ビニール傘を開いたけれど腰の辺りが濡れた。滑り止めが欠損している階段を踏みしめながら佐太郎はマンションの一階へ下りていった。

歩道に出た。

雨粒が傘を叩いた。太い筋となり、うねりながら傘を滴り落ちる雨水は、なまめかしい命を持っているようだった。

車道にも歩道にも雨が一直線となって落下してくる。穴を掘るかと思うほど烈しくアスファルトに雨滴が跳ね返り、白いしぶきを上げている。

先を見やると、いく重もの雨脚が斜め一直線を描いて重なり合っている。まるで広重の浮世絵を見ている気分だった。慌てふためき、尻をはしょって傘もささず、一目散に走る何人もの町人の姿が闇の中に現れてくるようだ。

あの中を歩くのかよと思った。佐太郎は急に気持ちが萎えてしまって足を止めた。

背後から自転車のベルが烈しくせわしく鳴った。思わず道の端によけると、山茶花の植栽に触れた膝の辺りが「ビショ」と音を立てて濡れた。歩道を走ってきた自転車が鼻先を走り抜けた。相手の傘が佐太郎の傘を引っ掛けて宙に跳ね上げた。佐太郎のビニール傘が夜の空に放物線を描いた。自転車はブレーキをかけないまま走ってゆく。「このやろう」と言葉がほとばしった。「待てよ！」と記憶にないほどの大声で呼び止めた。

自転車が横滑りしながら止まった。佐太郎の傘が後ろで軽い着地音を立てた。アスファルトを擦るように転がってゆく音がする。

振り返った顔は能面のような笑みを滲ませていた。佐太郎の目が短いスカートまで滑り降りた。

高校の制服らしいチェックの模様が認められた。「おんなか」と佐太郎はさらに形相を険しくした。彼女は怯えた表情を作った。赤い傘で顔を隠してペダルを踏んだ。その足がペダルを滑り、勢いあまって転げそうになったが、彼女はすぐに体勢を立て直した。そして猛烈な速度でペダルをこぎはじめた。佐太郎は水たまりを撥ね飛ばして追いかけた。靴の中がぐちゃぐちゃと濡れた音を立てた。資源ゴミの収集箱が並べられていたり、電柱がはみ出している歩道を避けて佐太郎は車道に飛び出した。

自転車はみるみる離れてゆき、赤い傘は雨に霞む闇の中に消えた。

「ちくしょうめが！」と叫び声を放った佐太郎は車道に立ち止まって太ももに手を置き、肩を大きく上下させて肺房に酸素を送り込んだ。頭に、肩に、そして背中一面に容赦なく雨が降りかかり、佐太郎は足のつま先までずぶ濡れになった。

落ち着いた呼吸ができるようになった。佐太郎は空を仰いで口を開けた。顔を打った雨滴が頬を流れ落ち、口の端から入り込んだ雨水からは、埃くさいような、薄い砂糖水のような懐かしい味がした。

シャツもトランクスも肌に貼り付いて皮膚と一体になる。身の芯にまで雨が染み入り、体が変幻自在な水になって行く感触がある。蝶を追い、クワガタを探し、野うさぎを追いかけて野山を駆け回り、烈しい夕立に遭遇した子供の頃に幾度も体験したあの不可思議な感覚だった。

「もっと降れ。降れ、降れ。もっと、もっとだ」

佐太郎は真っ暗闇の空に向かって叫んだ。何度も叫んだ。

濡れた髪の毛を掻き上げて息をつくと、女が消えた方角から黒い傘をさした男が歩いて来た。彼はぎょっとして立ち止まり、佐太郎に目を据えたまま歩道の端に寄った。佐太郎がその動きを目に追うと、若い男は傘の先をブロック塀にぶつけ、ガリガリと長い音を引きながら佐太郎の脇を歩き抜けようとした。

「傘なんて、ないほうがいいよ、あんた。さっぱりするよ、気持ちがさ」

佐太郎が男に向かって朗らかに言った。すると腹の底から笑い声があふれ出た。

凍りついたように男が立ち止まった。そして傘の柄を握ったまま佐太郎を拝んだ。

「ばか、正気だよ、生きてるよ、おれは」

男が傘で身を隠した。カエルみたいに飛び上がった。そして一気に走り出した。男の足元がびしょびしょと音を立てた。佐太郎の視線が黒い傘に当たり、氷の滴となって地に落ちる。急停止した男はたたらを踏んだあと、身をひねり、一瞬だけ佐太郎と視線が交錯した。男はまた跳びあがって直角に路地を曲がった。

大の大人が車道の真ん中に仁王立ちし、空を仰いでずぶ濡れになったまま笑い転げているなんて、確かに正気の沙汰じゃない。さっきの女といい、あの男といい、佐太郎に気押されたような表情を見せ、逃げるように消えた。狂人、それとも死人、いや異界に棲む魔物に見えたに違いない。

佐太郎はこみ上げてくる笑い声を雨の中に解き放った。子供のようなステップを踏み、水溜りを選んでしぶきを跳ね上げた。飛行機が飛ぶように手を水平に広げ、車道をジグザグに走り出した。そして「おれは、宇宙人だ」と甲高い笑い声を上げる。

雨はさらに激しくなった。雨音に雷鳴が混じってくる。泳ぐように雨を掻き分け、佐太郎はひとり言を言い叫びながら先へ先へと進んだ。皮膚に張り付いていた下着も服もみな融け落ちて身が軽くなった気がした。

雨脚が皮膚を打つ。皮膚までも雨に剥がされてゆくようだ。雨粒が大きくなる。筋肉が凹みながら受け止めている。稲妻が背後から走る。一瞬あたりが明るみ、遅れて音がした。

銀色をした太い雨脚が落ちている。しかし佐太郎の筋肉は雨滴を感触しなくなった。肉が脱げ落し、骨が粉と消え、魂だけの存在になった気がしてきた。

また光が走った。轟音がした。また走った。同時に音が耳をつんざいた。あたりが真っ暗闇になった。

佐太郎はゆっくり歩いた。獣のような眼が暗闇の中に道を見定めている。

「あめ、あめ、ふれ、ふれ、もっとふれ、あぁめが、ふるぅ、ふる、城ヶ島の磯に、フン、ラン、じゃのめで、おむかえ、うれしいな」

佐太郎は三つの歌をいっしょくたにして軽やかに口ずさむ。きらめく店の奥から小走りに出て来る結花が、「あららあ、佐太郎ったら、こんなに濡れちゃって、でもうれしい！　ありがとう！」と抱きついてくる。温かくてやわらかい結花の感触。

「お帰りなさい。遅かったね、お仕事、忙しかったんだ。あれあれ、こんなに濡れちゃって。ごめんね、傘持たせてやれなくて」

妻の幸恵が玄関の扉を開き、びっくりしたような、困ったような顔を見せ、口元をほころばせ、味噌汁の匂いが甘くただよう明るくて見慣れた家の中。

佐太郎は立ち止まって真っ暗な空を見上げた。雨が銀色の光を無数に曳きながら佐太郎めがけて落ちてくる。

この銀の糸にくるまれ、おれは繭みたいになるんだ。

佐太郎は静かに笑った。悪くないなとまた笑った。

桑の葉を食べるしゃわしゃわしゃわした音が聞こえる。丸々とした体が日を追うごとに透明になり、頭をもたげて天の時を待っている蚕たちの姿が目に浮かぶ。身を反らして繭を内側から組み上げて行く蚕たちの必死が目に迫る。

繭の中で蚕は変身の準備を進める。やがて濃艶な絵柄を持った蛾が新しい命を背負って生まれてくる。鈍重な姿だけれど、人に疎まれるけれど、無様に飛ぶけれど、壁に、天井に、ガラスに張り付き、ずうずうしく生きてゆく。

そんな蛾に生まれ変わると思えた。生まれ変わりたいと思った。

この世でなくてもいい、死んでからでもいい。いや、いや、死んでからというなら、あの蛾のようにこの今を必死で生きなければ生まれ変われっこない。

涙が膨らんだ。悲しいのか、悔しいのか、嬉しいのかわからない。

はじめの一滴が頬をこぼれ落ちた。とたんに涙の壺が粉微塵になった。目の前のあるもの全てが屈折し、そして流れた。

「走れ」と佐太郎は自らに命じた。走り続けていなければ、懸命に走っていなければ、繭にはなれない。繭になれなければ蛾にはなれない。

佐太郎は走った。銀色をした雨すだれのかなたへ佐太郎は黒い影となって走った。

スカイツリー

墨色の空から落ちてくる雪が、人影のないベンチに、水を吹き上げない噴水に、そして広場を囲む木々に降り積もり、夜になった上野公園を白一色に変えてしまい、ほのかに雪明かりし、それだけでは暗い広場は水銀灯の青白い光に染まり、音が消滅してしまった世界となっていた。

「世の中がリセットされてしまったみたいだ」と呟いてひと震えした悟郎は水銀灯から目を背け、腰をおろしたままのベンチで背を丸めて「あなたがいること、家族にもまだ秘密なの」と目を細めて笑った千秋の顔を思い浮かべ、動物園で戯れ、美術館で批評を言い合い、博物館で太古のロマンを語り、文化会館で音楽に心をゆだねた時間をとめどなく雪の上に描き出し、やがて自分の作品の最初の読者が千秋であり、優秀な批評者が千秋であり、二人して創り上げた作品を世に送り出すというあの頃の幸せなイメージが湯気のように湧き出して悟郎の心を漂った。

小説講座の世話役の男からかかってきた昼過ぎの電話で、千秋が心筋梗塞のため急逝したと伝えられた瞬間、「えっ?」と絶句した悟郎に、千秋と悟郎の仲を知らない彼は「他愛ないね、命なんて。先生は大丈夫かな、お年だし」と他人事のように言い、「家族葬だから焼香も献花も遠慮されているって事務局から言われたからさ、教室からは誰も行かないことにした。なあ、おい、聞いてるかい?聞いてるよな」と続け、「じゃ、来週、教室で」と言って電話を切った。

クリスマスイブの夜、やっと予約できたホテルのレストランで、「千秋がパートナーになってくれればね、仕事をしながら作家を目指すエネルギーが生まれるよ」とさりげなく言い、「悟郎ならなれるよ、ぜったい」と励ましてくれた千秋とワイングラスを当てあい、椅子から立ち上がる前に結婚しようねと言い交わして指切りをしていた。

あれからまだ二十日もたっていない。

スマホの画面が手のひらに眩しく、メールじゃダメだと悟った悟郎は電話にし、降りしきる雪を眺めながら、千秋出てくれよとコール音に耳を澄ませていたが、正確に鳴り続けている音は宇宙の闇に消えているのだと思え、また哀しくなってきた。

スマホを閉じた悟郎の手は水銀灯の青白い色に染まった。

「このまま、ここにいて、おれ、死んでもいいかな」と手のひらを眺めていた悟郎が暗い空に向かって呟くと、鈴を鳴らしたような声で笑う千秋が「悟郎ったら、また、そんなこと、考えて」と腕をつねるように言い。「なら、どうしろっていうんだよ、おいてけぼりにしといて」と空一面の雲に噛み付く悟郎の言葉に打てば響く千秋から答えはなく、降り落としてくる雪のひとひらひとひらが悟郎をからかっているように見え、思わず拳でベンチを叩き、痛い思いをした手で雪を被ったバッグをひったくった。

上野駅の構内は大雪で足止めをくった人で埋まり、掲示板に点灯している発車時刻や、行く先の地名、発車番線を示す数字はどれひとつ動かず、がやがやと響きあう人の声、殺気立った気配、スピーカーから拡散される駅員の男の甲高い声などが高い天井にぶつかってシャワーとなり、鍋のなかに放り込まれた群集が、頭の上に蓋を被せられてごった煮の野菜のようになっている。

とにかく宇都宮線に乗り、東大宮にあるという千秋の家を探してみようと思った悟郎だったが、諦めるしかないなと舌を噛み、ごった返す人の群れや幾重にも長く繋がる列を不愉快そうな顔をされながら掻き分けて近くにあるカフェに入ってみると、ジャストタイミングで席が空いたらしく、壁際の小さなテーブルに案内された。

力のない吐息を洩らし、手をつけないまま目の前に置き捨てにしたコーヒーカップを取ったとき、悟郎の両耳があたりにざわめく声や音を拾い取った。

はす向かいの丸テーブルに、あけっぴろげに笑い、いつになったら話が絶えるのか見当もつかない女三人が座り、ひとりは赤ん坊を胸に抱き、もうひとりは一歳ほどの男の子を膝の上に立たせ、悟郎に背を向けているもうひとりは指先や言葉でその男の子にちょっかいを出しては「キャ！」と声を上げ、どの顔にも、どの声にも笑いが弾けている。

去年の晩夏、マンションのベッドで「悟郎、あたし、生理が止まったみたい」と千秋が言い、悟郎が「そう」と努めて気のない返事をして白い天井を眺めていると、千秋が顔を寄せて「あなたの子よ」とささやいたので、「そんなこと言ったって」という言葉を呑み込んだまま無視すると、千秋は「もう、悟郎ったら」と言って丸めた人差し指で悟郎の頬をパシンと弾き、「痛えなあ」と背を向けた悟郎の目を覗き込んできて「ほんとなんだから、ほんとのこと」と言って尖らせた小さなくちびるに笑みを洩らしながら、「子供が好きなの、欲しいの」と言った。本気だ、産む気だと直観した悟郎は〈子供なんかまだまだいらない〉と胸の中で呟き、「千秋って、からだ、弱いんだからさ、ちょっと危ないんじゃ」と言いかけると、千秋は「だいじょうぶ」と言って悟郎の唇に手のひらを押し当て、「あたし、死なないよ。あなたを一人になんかしないから」と言ってから眉をしかめた。子供が生まれたらどんな生活が待っているのか悟郎には想像がつかなかったが、失うものがたくさんあるかもしれないとひそかに震え、模範解答にたどりつけずに悶々として過ごした数日後に会って手を繋いだ途端に「生理が遅れただけだったみたい、こんなことなかったのにねえ」と告げた千秋が苦笑いしながら首をかしげた。

「産めよ、産もう」と即答できなかった自分に腹を立て、目の前の賑やかな女たちに向かって、「ばかやろう、なんでだよ」と荒々しい声をあげ、押し倒すように椅子から立ち上がると、女たちがビクっとして悟郎に向けた顔をあわてて戻し、口をつぐんだまま友人たちと顔を見合っている母親を見上げた赤ん坊がぐずり声を上げた。

人群を縫いながら改札口まで行くと、掲示板の真ん中にある丸時計は十時を回り、「山手線は動いていますので、そちらをご利用ください」というアナウンスが繰り返されてうるさかった。「おれの心臓とおんなじだ、ずたずただけど、なんとか動いているよ」と言い、悟郎は大学からの飲み友達である浅野に電話しようとスマホを開き、「こんな雪のなかでかよ、電車無いじゃん」と文句をぶつけながらでも来てくれるだろうと思いながら浅野の番号を画面に表示したとたん、千秋のことをよく知らない浅野を呼び出す気持ちは一気にしぼんでしまい、スマホを閉じながら電光掲示板を見た。

千秋のあの体も、あの魂も、明日か明後日になれば太陽を浴びた淡雪みたいにあとかたもなく消えてしまう。

矢も楯もたまらない気持ちで体を震わせながら掲示板を目で追うと、千秋の家に行く宇都宮線はようやく動き始めたようだが、たとえ駅に着けたとしても、バスもタクシーも長蛇の列だろうし、そもそも千秋の家の場所も定かではない。それでもいい、駅の中で、駅前のどこかの店で、さもなければ千秋の住む街をさまよい歩きながら、千秋がこの世から消えるまで千秋に語りかけていようと思って一歩踏み出した。

改札口の前に突っ立っていた悟郎は〈千秋が消える?〉と思ったとき人群れにはじき出され、その瞬間、気力も体力も消え果ててしまった気がしてゆらりゆらりと構内をさまよい始め、シャッターを下ろしてしまった駅蕎麦屋の隣に並ぶ倉庫の雰囲気をただよわるスペースの前に立ち、ぼんやりした明るさの中に押し込まれているコインロッカーを眺めた。入り口の壁に貼られたプラスチック板に「午後十一時にシャッターが閉まります」と大書された文字を読んだ悟郎は首を伸ばして様子をうかがっていたが、やがて誘い込まれるようにして境界を踏み越え、中に入ると狭い通路をぐるりと一回りした。

奥行きが深くて思いのほか広い殺風景な空間の突き当たりに〈超大型〉と張り紙された扉が並んでいたので、角にあるひとつの扉を開けてみると、湖のように静寂を湛えた薄暗い空間が待っていた。

「お客さん！」という野太い声が悟郎の鼓膜を突き抜け、間髪を入れずに「もう、シャッター閉めますよ、荷物？　そこでいいの？」と詰め寄るような言葉が追いかけて来たので、振り返った悟郎は口もとに媚びた笑みを見せて、上段にある小さなロッカーの扉を開けた。「はい、じゃ、よろしくね」と素っ気なく言った男はロッカーの扉を指先になぞりながら「さっさとしろよな、寒いんだからさ」と聞こえるか聞こえないかのだみ声で言い、出入口の方へ去っていった。

悟郎は何も入れずに上段のロッカーキーを引き抜き、超大型のロッカーの中に背中から体を押し込み、鍵を差したままにして軋んだ金属音を立てて扉を閉めると、空間を埋めた暗闇が扉のすき間から染みこむかすかな光に明るんだ。

両腕に膝を抱え、肩の力を抜いて暗闇の中で目を閉じると、悟郎の視野がかすかな赤色に明るみ、そこを何かの影が過ぎると、耳の近くで「悟郎ったら、こんなところで」とため息交じりに言った千秋の言葉が認識できたので「ああ、いたんだ」と呟いてから悟郎は声なき声で声なき声と語り合った。

男の鼻歌が近づき、目の前で立ち止まり、上のロッカーの扉を叩いたらしく、悟郎のひそむ長方形の空間に響いた音と振動が身をすくめる悟郎の体のなかに消え落ちた。スニーカーのものらしい薄い足音が離れて行き、ロッカーの中に差し込んでいた微かな光が消え、金属のこすれる音がゆっくり続き、一瞬の静まりを挟んでから「ガッシャン」という硬質な音が悟郎の全世界に響き渡り、やがてアナウンスの声や人の足音が途絶えはじめ、駅前の広い道路を走る車の音が間遠くなり、ロッカーの中はキーンという静寂音に浸たされていった。

膝の上に載せた悟郎の手のひらに感触が生まれ、少しずつ重さが感じ取れ、「あったかいなあ、悟郎の手って。寒くてしかたなかったの」と言う千秋の声が今度は耳の奥にはっきりと聞こえた。「体も来てくれたんだ、まだ、あったかいよ、千秋は」と言った悟郎は声を殺してむせび泣き、やがて手の平に感じる重さと温かさに顔を寄せてとり止めもない話を続けていたが、「うん」とか「そうだね」と答える千秋の声が耳に心地良く、疲れ果てた意識が墨色から薄墨色さらには淡い白へと変わりゆくにつれ、手のひらに重さを薄めてゆく千秋に「ああ、これなんだ。これって、ぼくも、このまま死ぬんだ」と悟った悟郎の口もとがほころんだ。目を閉じると真っ暗闇の世界へゆらゆらと沈んでゆく自分の体から重みが消え、悟郎は安堵のため息を洩らし、やがて意識も微細な霧となってその暗闇に同化していった。

シャッターを巻き上げる金属音で目を覚ました悟郎はこの薄暗闇の世界がどこなのかすぐにはわ

からなかったが、手の甲で目をこすり、「ああ、そうだ！　ぼく、死んだんだ」と弾んだ声でつぶやき、勢いよく立ち上がると頭に強い衝撃を受け、その痛みに目をすがめてあたりを見た後、「まさか、まだ生きてる？」と言って突き出した両手で扉を開き、よろけながらロッカーの間を歩いた悟郎は夕べとは違う男が口をあんぐり開けている前をすり抜けて、ロッカールームを出たところで何かにつまずき、身を支えきれずに前のめりに転んだ。

雑踏の音が耳に押し寄せ、だし汁とそばを茹でる匂いが鼻先を撫で、目の前を鈍い色をしたスーツのズボンが、ハイヒールをはいた黒いパンツがせわしく通りすぎる様を茫然として見ている悟郎にぶつかり、たたらを踏んだ若い男が「邪魔なんだよ、ばあか」と先の尖った革靴で悟郎の尻を蹴った。

濡れて冷たいバッグを引き寄せて立ち上がった悟郎は頭と尻に残る傷みを、そして体にも意識にも熱っぽさを感じたので、「ああ、やっぱり、死んでないんだ」とため息を洩らした。

京浜東北線に乗ると、悟郎は咳がひどく続いてゾクゾクする体をドアの横のステンレスの手すりに預け、東十条駅で降りると足を引きずりながら細長いプラットホームの真ん中を歩き、線路脇の狭い道をすねが埋まるほどの積雪に難儀しながら掻き分けて歩き、息を切らせてマンション五階の自分の部屋にたどりついた。

ベッドに潜り込んだ悟郎は起き上がれなくなったが、昼前にスマホが着信音を鳴らせば千秋からかと思って飛び起きたけれど、それも二日目か三日目までだった。

スマホのどんな着信音にもドアチャイムにも悟郎は体が、心が反応しなくなり、発熱で茫漠となった意識は千秋に収束してそのままそこに埋もれてしまうのに、千秋の幻はもう現れないと観念し、千秋の心も体も消滅したのだということを受け入れるしかなくなった悟郎はベッドを叩いて悔しがり、枕に顔をうずめて悲しみ、スマホに数十ショットも残っている千秋のさまざまなポーズを見つめ、横顔をそして笑顔を指先で画面を拡大して見つめた。

ベランダのガラス戸が朝日で赤く染まり、部屋の中が明るくなってくると、二人が過ごした三年を小説にしてこの世に残しておかなければという思いが生まれ、悟郎は記憶を集めて構想を組み立てたが、設定した人物もその世界も、二人の生々しい思い出の中に立ち消えてしまい、ベッドから転げ落ちるようにして起きた悟郎はウイスキーを生のままで飲み、クローゼットに吊るしてある夏物の服の中から探し出したたばこをふかし、虚構の世界と思い出の世界をさまよい、気だるい眠りとぼんやりした目覚めを朝まで繰り返した。

粘りつくまぶたを開けると、マンションの前にある操車場から電車の音がゆったりと近づいてきてゆっくりと遠ざかり、「やれやれ」と面倒くさそうに出ていったであろう青い車両は数千円の強壮ドリンクを飲んだみたいにすぐに元気溌剌となり、疲れと睡眠不足で不機嫌なあまり無言になった人間をその四角い腹の中いっぱいに詰め込んでせっせと働くはずだ。高崎線の重戦車のような走行音、鼻歌でも歌っているような京浜東北線、装甲車みたいな埼京線の音に混じり、空気を切る新幹線の上品な音も頭の上から届きはじめ、今日一日の役者が勢ぞろいし、「さあ、起きよう、いつまで甘えているんだ」と言っているようだが、「会社はもう首になってるだろうな」と悟郎はつぶやき、これから先、何かをしよう、したいという意欲はゼロだったけれども、這い出るようにしてベッドから下り、体温計を脇に差し込み、抜き取って数字を見ると平熱だったし、気がつけば咳も止まっていたから、悟郎は「そういうことかよ」と言って舌打ちをし、乾いた唇を舐めまわしながらゆるゆるとパジャマを着替えた。

ウイスキーと焼酎のビンが空になってテーブルの隅に転がり、握りつぶされたビールの缶が床に投げ捨てられ、千秋との約束を破って吸ったたばこの吸殻が灰皿に山盛りになっている。悟郎はスナック菓子の空き袋の下にあったしわくちゃに潰れたたばこの箱を探し出し、引き抜いた一本に火をつけ、その先端をチリチリと焼き上げて煙を吸い込んだが、渇いた咽喉が激しくむせ、「死んじゃえよ、意気地なし」とまた自分に催促し、「死んだっていいさ、そのほうが幸せだよな」とみずから答え、五階のベランダの鉄柵を乗り越える姿、マンション前の土手をよじのぼって重量級の車両が走る高崎線の線路にあお向く姿を目に浮かべた。

チャイムが鳴ったが悟郎はそっぽを向いた。

静まり返ったあと今度は連続してけたたましく鳴り、押し殺した女の声が「山下さん、いる?」

と呼び、聞きなれたしわがれ声が「ごろう、いるんだろ?」と言い、扉の前で交わされていたひそひそした声が悟郎の耳に届いていたけれどやがて遠ざかり、短くなったたばこの火を吸殻の山のふもとに押し潰してから「ほっとけよ」と玄関に向かって怒鳴った悟郎はベッドに潜り込んで頭からふとんをかぶった。

カーテンの隙間からもれる光が強くなり、それがベッドの上で白金色の棒となった頃、行き交う電車の音が途切れることが無くなった頃、様子を確かめるようにチャイムが一度また一度と鳴り、そのあとに「ごろう」という声が続き、悟郎はぶすっと唇を突き出し、「帰れよ」と言ったが、ドアの前で女ふたりの声がせわしく交錯し、男の声がそれに混じり、三度目のチャイムが鳴ったもののそのまま静かになった。その静寂の中から「警察です、山下さん、いますよね」と言う低いがよく通る男の声がしたので「ばかやろう、とんでもないことをしやがって」と掛けふとんを蹴飛ばし、悟郎はベッドに半身を起こした。

聞きなれたバアちゃんの「ごろう」「ごろう、くん」と呼ぶ声は続いている。

悟郎はベッドから下りたが、体がよろけてキッチンを仕切るガラス戸にぶつかり、「ガシャン」と大きな音を立ててしまうと「よかったぁ」と叫んだバアちゃんの声が耳をつんざいた。のろのろとドアチェーンを外し、内鍵を回してドアを押し開けると冷たい空気がどうっと流れ込み、身を縮めた悟郎の鼻先で年配の警察官が「ニカッ」と象牙色をした歯を見せ、その背後でバアちゃんが右に左に顔を出し、一階に住むオーナーの鈴木さんの手にぶら下がる鍵の束がガチャガチャと鳴った。

無音のまま「その鍵で開けりゃ済むことだろうが」と唇を動かした悟郎は鈴木さんを睨みつけたが、鈴木さんは目もとをしわだらけにして笑い返してきた。「いや、すいませんでした。いや、それよりも元気で何よりです」と警察官が言い、「ほんとだよ、まったく。なんだ、幽霊みたいになって。やっぱり風邪ひいて、寝込んでいたんか」とバアちゃんが目を尖らせ、「枕元に置いてあるんだろ、ケイタイがさ、だったら」と小言を続けたとき、「では、わたしはこれで」と警察官が背筋を伸ばし、バアちゃんに向かって板みたいに体を折った。バアちゃんは膝を曲げ、「忙しかったのに、ありがとね」と頭を深く下げ、鈴木さんが「心配したんですよ」とさっぱりした様子で悟郎に笑いかけてから立ち去ると、ビニール袋や風呂敷包みを廊下に置いたままバアちゃんは急いで二人を追った。

この出来事と光景が物語のきっかけになると思った悟郎が両頬を手で打つと「パシン」という音が流れ込んだ外の冷気を切り裂き、それをきっかけにして悟郎の頭の中でストーリーがずんずんと音を立てて増殖しはじめ、部屋に駆け込んだ悟郎はたばこの灰で汚れたテーブルを拭いもせずに創作ノートを置き、急いでまっさらなページを開くと、「そうよ、悟郎、書いて、どんどん書いてね。わたしの分までだよ。もう書けなくなっちゃって、わたし、とっても悲しいんだから」と言う千秋の声を背後に捉えた悟郎は「うん、書く、おれは書くよ」と言いながら振り返った。

ベッドの端に座って千秋が笑いかけているはずだった。何かに熱中する悟郎を、千秋はいつでもそうしてうれしそうに、そしていくらかあきれたように眺めていたのに、ベッドには掛け布団が変な形に折れ曲がっているだけだった。

鼻をすすりあげながら悟郎は創作ノートのページを平らにしたが、鉛筆がなかったのでテーブルに散らばる新聞や雑誌や菓子の袋を手で叩いて探していると、「ほれえ」と言う声と一緒にボールペンが目の前に突き出された。いつの間に部屋に上がりこんできたのか、腰に片手を当てて背を伸ばしたバアちゃんが悟郎の前に立っていた。

「鉛筆なんだよ、だめなんだ、鉛筆でないと」

「そんなもの、なんだって、おんなじだろ」

殺してやりたいくらい無神経だ、と思ったとたんに、あっ、このシチュエーションも使えるという思いが閃き、悟郎は床を這い回り、ベッドの下にまで頭を突っ込んでみると鉛筆は円柱形の脚の裏にあった。それは去年のバレンタインデーに千秋がくれたディズニーのキャラクターもので、芯の丸くなったその鉛筆に白金色の輝きを見て「これもいい、いいぞ」と言って、指先で鉛筆を軽快に回してから思いついたフレーズを片端からノートに書きなぐった。

バアちゃんがカーテンを引き開けたので部屋が光だらけになり、悟郎は眩しさに窒息しそうになったが、ノートの上を走る鉛筆の勢いは止まらなかった。バアちゃんがテーブルの上を片付け始めたので、悟郎はベッドの上に逃げてあぐらをかき、思いつく場面を書き連ねていると、「なんだ、元気だな」と首をかしげたバアちゃんは賑やかに掃除機を転がし、それが終ると、冷蔵庫を開けて「なんにもねえなあ、たく」と大きな声で言い、そのしわがれ声に耳を突き刺された悟郎は「余計なお世話なんだよ」と言い返してベッドの端に座り、また指先で鉛筆をクルリ、クルクルと回しながら膝の上に置いた創作ノートをめくり読んだ。

味噌汁の匂いがし、フライパンに油の弾ける音がし、「やったぜ！」とばかりに電子レンジが「チン」と高鳴った。

バアちゃんが悟郎の顔の前で「パシン！」と手を叩いた。

「できたぞ、さあ、こっちに来て、食え」

「うるせえな、あとだよ」

「ガリガリ亡者が、まあ、えらそうな口を」

バアちゃんはしわくちゃになって干し柿みたいに縮んでいるのに悟郎の手を引っ張った力には逆らえ切れないものがあった。

インフルエンザか何かのウイルスも居心地が悪かろうと思うほどすがすがしく片付けられた部屋に朝餉が整っていた。冷凍庫にあった豚肉はこんがりと焼き色がつき、しなびていたはずの大根やにんじんが煮しめられ、塩もみしたらしい大根の葉がみずみずしい色を添えているが、それは日曜の朝、「おはよう、ねえ、悟郎たら！」と悟郎の鼻先をつねった千秋があつらえてくれたブランチとは違った。

　悟郎が悲しげに眉を寄せて深いため息をつくと、「食え」とバアちゃんが端的に言った。うっかり拒絶反応を見せたら昭和一桁生まれのバアちゃん相手では勝ち目のない口喧嘩になるし、耳栓をしたくなるほど聞かされている世間の常識や男っていうものはという理詰めを武器にして襲い掛かってくるバアちゃんとの言い争いは疲れる。

　味噌汁の椀を取ってワカメと一緒にすすり飲むと、まだ酔いと微熱をはらんでいる口に優しい味と香りがまといつき、それに背を押されて飯碗を手にした悟郎を見て「よしよし」と笑ってからバアちゃんが立ち上がった。

　バスルームから「垢がへばりついてる、なんだ、なんだ」と言い騒ぐ地声と一緒にゴシゴシ、ジャアジャアと掃除する音がし、「汚ねえままだなあ。なんだ、この便所は」という独り言がまた悟郎の敏感な耳に突き刺さったが、母さんの血を引いたんだよと言いたい言葉は呑み込んだ。

　米粒を噛む悟郎の口が動きを止め、豚肉を挟んだままの箸が宙に浮いた。

　あのクリスマスイブの夜も千秋はここに泊まらなかったし、その前から美術館に寄ることも「調子がよくないの」と言って断り、公園を歩くことも「寒くって」と言って断り、布団をかぶったまま昼を過ごして帰る、そんなデートが続いてきたことを思い出した悟郎は、部屋に入ってすぐベッドに身を投げ出した千秋の表情の薄い顔を目の前に浮かべ、「なんで気がついてやれなかったんだ」

と呟いた悟郎の鼻の奥が「グスン」と音を立てて詰まった。すかさず「ごろう？」と言ってバアちゃんが顔を覗き込んできたものだから濡れた頬をあわてて拳で拭うと「そうだったんか。まあな、男だって泣いていいさ、人間、そんなときもあるもんだ」とバアちゃんが声もなく笑ったので、〈なんで笑うんだよ〉と腹の中にヒンヤリとした怒りが生まれたが、悟郎は茶碗の中に箸を差し込んで挟み取った飯を大口を開けてほお張った。「おお、おお、食ったなあ、よしよし」とバアちゃんが便器を洗って濡れた手で悟郎の頭を撫でようとしたが、それを知っている悟郎は身を捩ってバアちゃんの手から逃げた。

どれも食べ残してしまったが今日のバアちゃんは何も言わなかった。

悟郎がたばこを一本抜き出して火をつけると「やめなよ、たばこは」とバアちゃんが言い、「やだよ」と背を向けた悟郎がたばこの先を真っ赤に燃やしてから振り向いてバアちゃんの顔にバっと煙を吐き出すと、バアちゃんは噎せながら皺だらけの手でその煙を乱暴に払いのけたものだから、容赦ない反撃があるはずだと悟郎は身構えたけれど、バアちゃんは皿や茶碗を集めながら「まあな、いろいろあるわ、生きてりゃさ。だけど、そらあ、しかたねえことだ」と言い、食器の山を手のひらに載せてまた「しかたがねえことだ」と言ってキッチンに消えた。千秋のことを感づいているのは母だけだが、その母がおせっかいなうえ世話焼きなバアちゃんに息子の恋人のことなど明かすはずはないが、もしかしたらバアちゃんは千秋のことを嗅ぎ付けていて、その千秋が消えてしまったことを感じ取ったのかもしれないと思った。すると、千秋が死んでしまった悲しみを密かではあるけれど初めて人と共有できた気がした悟郎の目に涙があふれた。

　たばこをくわえたままベランダに出た悟郎の目に低いビルや住宅の立ち並ぶ先の冬空に抜きんでた姿を見せて直立するスカイツリーが飛び込んだ。あのスカイツリーが積み上がってゆく姿を千秋と一緒にこのベランダで飽きずに観察し、完成してライトアップされたツリーを近くまで見に行ったとき千秋は悟郎に体を預けてのけぞり、その天辺まで見上げて、「ほんとに少しずつなんだね、高くなるのって」としみじみした口調で言い、「あきらめないでさ、こつこつ書いていけば、悟郎、作家になれるよ。ねえ、ぜったいなれるんだから」と笑いかけてきたあの日から一年も経たずに千秋はツリーの突端のはるか彼方まで連れ去られてしまった。いや、奪い取られてしまった。

　ぶるっと震え上がった悟郎は手すりが埋め込まれたコンクリートにたばこの火を揉み消しながら「ばかやろう」と叫んだものの、それがスカイツリーになのか、死んでしまった千秋になのか、千秋を奪い取った何者かなのにか、一人生き残っている自分になのにか分からなくなった悟郎は堪え切れない感情に任せ、この世にあるものは何もかも燃え尽きてしまえとばかりに吸い殻を空高く放り投げた。

　部屋に戻ると、バアちゃんが背を丸くしてテーブルで茶を飲んでいた。

「まあ、座ってさ、それ、飲みなよ」

悟郎にはコーヒーを淹れてくれていたが、不味そうな気がして「ああ」と言ったきり立ち尽くしていると、案の定「飲めったら！」という鋭い言葉が飛んできたから仕方なく一口啜ってみると、いつもなら濃かったり薄かったりして「なんなんだい、これは」と押し返すほどへたくそだったのに今日のコーヒーはうまかった。

「うまいよ、うそみたいだ」

「おう、おう、そうかい。バアちゃんを馬鹿にするんだ、ごろう、くん」

きたきた、これがバアちゃんだと悟郎はすかさず言い返した。

「ばあちゃん、元気だな」

皺だらけのまぶたの中に光るバアちゃんの細い目にじいっと見つめられたものだから反射的にいたわる言葉が口を突いてしまった。

「悪いとこなんかない？　膝とか、それとさ、あのう、たとえば、心臓とか」

「ごろう、長生きしろよな」

そう言って音を立てて茶をすすり「バアちゃんより先に、死ぬなよ」と言い足したバアちゃんの言葉が胸をえぐり、悟郎は「あたし、死なないよ」と言った千秋を思い出し、何と答えたらいいかと言葉を探しあぐねている口もとをコーヒーカップで隠した。

もっと何か言うかと思ったが口だけで薄く笑いながら立ち上がったバアちゃんが玄関に行って使

い古した風呂敷包みを持ってきたけれど、急いで高崎から出てきたようで今日はいつもより小さく、骨に皮がへばりついた指が器用に動いてその結び目をほどくと、セロファンに包まれた四角い包みが現れ、バアちゃんが「にいっ」と笑った。

「ヒート、テック、とかの下着、買ってきてやった」

「はあ？」

「ユ、ニ、ううんと、そうそう、クロとかで、買ってきた。いい店だなあ、あれは」

「いらないよ、こんなもん」

「いらねえことなんか、ねえ。ごろうは、すぐ風邪をひくからな」

悟郎は冷たくなったコーヒーを飲み干した。

「風邪は万病のもとだ。教えたろ、さんざん」

「分かってるさ、そんなこと。ガキじゃないんだから」

「おめえは、ガキだわ。ガキ以下だ、いんや、ガキより手に負えねえなあ」

バアちゃんらしい波状攻撃に悟郎が両手を上げてもう降参だという顔をしてみせると「なんだ、もうお終いか」と言ってまばたいたバアちゃんの目に悲しみが走り抜けた気がした。

その目がベランダのガラス越しに遠くの空へ向いた。

「なあ、ごろう、これを着てな、あすこへ、連れてってくんねえか」

振り返った悟郎はスカイツリーを見て首を横に振った。

「自慢してえんだよ、町のみんなに」

悟郎に寄りかかって仰向き、ツリーを見上げながら笑いかけてきた千秋の顔を脳裏に見てしまった悟郎がトイレに逃げ込むと、便器から黒ずみが消えてステンレスのパイプがピカピカしていたものだから、悟郎は気後れしながらデニムのチャックを下ろした。ほとばしり出た小便が便器に溜まる水を跳ね上げたとき、生きている証しだと思った悟郎は悲しくなり、それからひどく悔しくなった。

トイレットペーパーで便器をきれいに拭き取って水と一緒にそれを流すと、渦を巻いて白い塊が否応なしに呑み込まれて消えて行く姿を見た悟郎は心が震えた。やり場のない気持ちをぐりぐり握る拳の中に砕きながら部屋に戻ると、椅子の上に正座して待っていたバアちゃんの両目から「座れ」という命令が吐き出されていた。逃れようもなく「ああ」と言って座りかけたとたんにテーブルに置かれた角封筒が目に飛び込んだ。

「出してみろ」

嫌な予感を持ちながら封筒を手にした悟郎は、舌打ちを何とかをこらえて中にあるものを抜き取って封筒の上に置いたままにすると、バアちゃんが顎で開けろと命令するので口をへの字にしてかすかに抵抗した悟郎がクリーム色をした硬い表紙をつまみ上げると和服姿の女が笑いかけてきた。

「いい娘だ、バアちゃんの折り紙つきだ」

　骨ばった皺だらけの指が白い封筒を押し出したので悟郎はしかたなく紙片を取り出して目を通してみると、羽振りのいい会社を興し、地元では注目されている社長の娘だった。悟郎は身上書を写真の脇に置き、憤慨と不快感と悲しさにもみくちゃにされて叫び出したい気持ちを抑えようとして下唇を強く噛んだ。

「いい話だろ？　なあ、ごろう、おまえを見込んで、向こうから来た話なんだぞ」

　今の今こんな話を持ち出しやがってという憎悪と怒り、そして結婚なんか一生するものかという思いが悟郎の心に猛りはじめた。

「まあ、バアちゃんに、任せとけ」と言ってバアちゃんが小さな拳で平らな胸を叩いた瞬間、悟郎の目が蒼く険しくなり、和服の女を睨みつけた眼差しをそのままバアちゃんに投げつけたが、「いろいろあるんだろうけどな、先は長いんだ。なあ、生きていかなきゃならないんだよ」と言い、「それがお前の幸せなんだぞ」とでも言いたげなバアちゃんの笑顔が跳ね返ってきたが、それを無視した悟郎は音を立てていかにも健康そうな女を厚紙の中に閉じ込め、世の中の常識が溢れ返る身上書を角封筒の中に封じ込めた。

「よおく、考えときな。あとで、電話するからな、今度はちゃんと出ろよ」

　そのひと言でバアちゃんはこの話にけりをつけ、「ほれ、着てみろや、似合いそうだ」と言ってヒートテックの長袖シャツをセロファン包装からクシャクシャ音を立てながら引っ張り出し、その横に別の袋から器用に抜き出したロングパンツを広げた。

「さあ、着てみな。ごろう、ほれ」

今のこの悲しさと悔しさを力にして生きてやる、結婚なんかするものか、神だか運命だか何だか知らないが、こんな理不尽な情のかけらもない暴虐を小説にして書き続けてこてんぱんにしてやると悟郎は心を決め、「なあ、千秋、手伝ってくれよな」と胸の中に呟くといつものイントネーションで「うん」と答えた千秋の声がはっきり聞えた。

バアちゃんがスカイツリーを指差し「そしたら、ほれ、あれを征服してこようかね」と言ったとき、「征服か、それも悪くはないな」と言い、立ち上がりざまに悟郎は黒い下着を手に取った。

そしてガラス戸の向こうで天空に聳え立つスカイツリーの天辺を見つめた悟郎はその眼をさらに上へ向けて殺意を突き刺した。

日月堂のアンパン

おれの作ってやった野菜炒め、焼き餃子、麻婆豆腐なんかをおふくろは「うまかないよ」と今晩もケチをつけた。「そうかい、そうかい」と聞き流したが、スーパーで買ってきた惣菜を並べただけじゃないのだから、少しくらいは喜んだらどうなんだよ、とおれは胸の中で噛み付いた。

おふくろは不味そうに口を動かしながらテレビのサッカー中継を見ている。その目はテレビ画面の先の、先の、もっと先まで向けられているようにぼんやりして遠い。

ここ数年で呆けはかなり進んできた。九十歳になろうというのだからしかたないが、東日本大震災を経験してからは、おい、おい、と思うほど急激だった。

おれは座椅子をテレビに向け、焼酎の水割りを手にしていた。卓上にザラっとした視線を流して皿と茶碗を洗わなければと考え、腰の辛さを思い出してげんなりした。おふくろは相変わらずチマチマと箸を口に運んでいる。

ワールドカップの予戦はペナルティーキックで得た虎の子の一点を守る展開となった。日本のゴール前で混戦が続き、焼酎のペットボトルをつかんだままおれは画面に吸い込まれた。

「よいしょ」という小さい声がした。すぐに「あれ、あれえ」と大きな声が立った。「なんだ?」とおれは振りかえった。

おふくろがコタツ板の端を掴んだまま畳の上にべったりと仰向いている。天井に手を差し上げて何かにつかまろうとしている。にやにやした笑いをおれに向けている。

「なに、やってやんだよ」と舌打ちして立ち上がり、おふくろの両脇に腕を差し入れ、「うん」と力をこめて持ち上げた。おふくろの小さな体は米俵みたいに重かった。そして相変わらずヘラヘラしている。

もともといたずらっ気があるから、おれをからかっているのだと思った。「ふざけんなよ！」と口を尖らせ、「自分で起きろよ」と腕を抜いたとき、テレビから歓声がほとばしった。

いつの間にか、相手のゴール前で日本のパスやドリブルが続いていた。おれは思わず「そこだ、抜け、ゴールだ」とこぶしを突き出した。

仰向けになってもぞもぞしていたおふくろが「どうしたんだろ」と洩らした不安げな声がやけに大きくおれの耳に届いた。

「面倒くせえ婆さんだ」と舌打ちしたおれはテレビから目を離せないまま、また腕をねじ込んだ。骨っぽい背中だなと視線を落とした瞬間、テレビから大歓声が上がった。「あっ？」とおれはテレビに目を向けた。ゴールポストのてっぺんに当たったらしく、ボールがネットの向こう側に高々と跳ね上がっていった。

テレビの中の歓声は巨大なため息と変わった。おれのため息もその中にあった。力が抜けたおれの腕から、おふくろの体がぐにゃぐにゃとした感触を残し、滑るように崩れ落ちた。

おふくろは笑っていなかった。あれ、なんだ、と思った。面倒なことにならなければいいな、という危惧が頭をよぎった。ともかく、寝かせてしまえ、と考えついた。

おれはおふくろの体をなんとか胸の上に抱きあげた。小さいくせにやけに重い。死んだ蛸みたいに腕からヌルっと抜けそうになる。何度も前抱えし直して廊下へ引きずり出そうとした。

テレビから悲鳴が上がった。ゴールネットが揺れ、右隅でボールが弾んでいる。日本のキーパーが絶叫しながら拳で芝生を叩く。何人かがペナルティーエリア内で片膝をついて俯いている。数万人のサポーターの落胆の声が聞こえてくる。

「ああ〜ぁ」とおれがため息をもらしたとき、「トイレ」とおふくろが廊下の方を指さした。はらわたが煮えくり返った。土壇場で同点に追いつかれた日本チームと、面倒ばかりかけるおふくろをぶん殴ってやりたいくらいだった。それでもおれは「わかった、わかったよ」とおふくろの白髪頭に答え、腰を入れ直してぐるりと向きを変えた。夜中にトイレに連れて行くのはもっと厄介だ。

今度は後ろから抱え上げたおふくろをずり押した。おふくろも足を前に運んでいる。けれど二本の足は宙を泳いでいるだけだ。バカが、と思いながらも、頑張ってくれるじゃないか、といじらしい気持ちになった。

居間の戸をひき開けようとした瞬間、おふくろが踏ん張ろうとして背を反らせた。そのままおれの胸に崩れ掛かってきた。とっさのことで支え切れなかった。

気がつくとおれはおふくろに押し潰されていた。「どけよ」と声を荒らげても、おふくろは「ウン」

とも「スウ」とも言わなかった。

まさかと思うほど重かった。おれは仰向けになったカブトムシみたいに手足をもぞもぞと動かすだけだ。「ほれ、どけよ」と怒鳴り、体中の筋肉を総動員して何とかおふくろの体を押しのけた。

立ち上がってみると、おふくろは関節がなくなってしまったみたいに、腕と脚を変な形に折り曲げて仰向けに転がっていた。まぶたはダランと閉じたままだった。

「逝っちゃった」

おれは突っ立って見下ろしているばかりだ。しかし、頭の中は忙しく考えていた。

おふくろの年金とおやじの遺族年金の万札が空の彼方へ羽ばたいてゆく。

もう遊びに出られない。市営住宅からおれはまた追い出されるんだろうか。おれの年金じゃ食うだけで精一杯だ。働かなくちゃならない。まじかよ。いや、いや、生命保険に入っていたはずだ。いくらだったかな。

転々として、やっと落ち着けた土木会社で、六十歳の定年間近に課長をぶん殴り、不況のさなか、これ幸いとばかり解雇させられたおれは、退職金も貰えずに社宅を追われ、おふくろの住む市営住宅に転がり込んだ。東日本大震災の三年前のことだった。「相変わらずおバカだねえ、行き当たりばったりでさ」とおふくろの罵詈雑言を浴びたが、そのまま今でも二人で暮らしている。おれの失業保険金を食うために使う必要がなかった。というより知らん顔をした。それは競輪、競艇、パチンコに消えた。上州女の例に漏れずに働き者だったおふくろの年金と真面目すぎたおやじの遺族年金で間に合ったからだ。失業保険の給付が切れる頃には働きに出るのが面倒になった。ちょうどいい具合におふくろが道の真ん中で転んだ。足の骨を折って入院し、ひと月ほどで退院したら、あの働き者のおふくろは家事をこなすのが億劫になっていた。行き掛かり上、一人っ子のおれが世話をする形になった。おれは自由になった生活費も賭け事に注ぎ込んでいたから、隣近所の人に、いい息子さんですねえ、などと言われると、尻のあたりがくすぐったくてしかたがない。

ふっと現実に戻ると、おれの足もとにおふくろがへんてこりんな格好をして仰向いている。表情はピクリとも動かない。しかし苦しそうではなかった。月に一度、近くの寺にあるぽっくり観音にお参りしてきた功徳が報われたのだ。

おれの口元だけが笑った。まあ、いいか、と思った。おふくろは願いが叶った。生きていたとしても、正真正銘の痴呆症にでもなったら、気の強いおふくろは今よりもっと惨めだろうし、それに、おれの毎日が介護だけで終わってしまう。とんでもない成り行きだ。

「ロスタイムは、三分、三分です」と絶叫するアナウンサーの声が耳を突き抜けた。

「あっ」とおれは気がついた。「そうだよ、ロスタイムに入ったんだよ。このばあさんが、こんなにあっさり、死ぬもんか」

おれはがっかりしたような、ほっとしたような独り言を漏らした。できの悪いパントマイムみたいにぎくしゃくと両膝をついた。夜着がはだけていて、おふくろの胸もとが目に飛び込んできた。さざ波みたいな皺を描いている。見てはならないものを見てしまった。おれは目を逸らしながら夜着を直し、おふくろの唇のあたりに耳を寄せてみた。緩やかな吐息が生ぬるくおれの横顔を濡らした。

「ほれ、やっぱり生きてら」

ほっとした。なのに、おれはやれやれと思った。それでも、おふくろのこんがらかっている脚と腕をきちんと伸ばしてやり、やりすぎだろうと思うほど烈しくおふくろの肩を揺すった。

くにゃくにゃしているだけで手応えがない。顔色が白い。眉根を寄せている。口はへの字になったままだ。

「やべ！」

おれは台所に置いてある電話に飛びついた。１１９番を押す指が強張った。何度か受話器を戻してプッシュボタンを押し切った。

「どうしましたか、火事ですか、救急ですか」という落ち着いた声が聞こえた時、おれは息が止まり、思考が止まり、言葉が出なくなった。

「どうしましたか」と問い返されたと同時に、ぴくん、と思考が回転し始め、おれは早口で、そしてどもりながら、事情をまくし立てた。

「すぐに行きます」という言葉に安堵して受話器を置き、おれはおふくろの傍らに戻って座り込んだ。血の気のないおふくろの顔に目を落としながら、自分の狼狽振りを思い返して「情けねえな」と呟いた。苦笑いが顔に強張りついた。

両耳を象のように広げ、外から聞こえてくる音を探った。いくら待ってもあのピーポン音が届いて来ない。壁時計を見上げるが、時間が進んで行かない。ぐるぐる回る秒針のついた時計を捨てなければ良かったと悔いた。

アナウンサーの興奮した声が騒々しい。「うるせえんだよ」と怒鳴ったおれはテレビの電源を切った。

来た。やっと聞えた。風に揉まれるように、あの音が遠くから聞こえてきた。おれはバネ仕掛けの人形みたいに立ち上がり、何かにつまずき、小指の痛さに耐えながら道に出た。脱げそうなサンダルを履き直し、五軒先の角まで走って左右を見通した。

「待っててね、すぐ行くからね、あわてないでね」とでも聞き取れそうなのんびりした、でもどこか忙しげな音が近づいてきた。それがあたりの空気を震わせるくらい大きな音となった時、色鮮やかに回転する赤色灯が十字路に現れ、ひとつ先の角でおれと反対側にライトを向けて止まった。

爪先立ちをしておれは「こっちだぁ」と両手を左右に振った。救急車の音がぷつんと消えた。赤色灯がバックしてから向きを変えて現れた。そしてやっぱり急がずに近寄ってきた。「よかった」

と思ったとたんに頭が真っ白になった。おれの目の前に止まり、助手席の窓がスルスルと降り切るまで、おれはぽかんと赤色灯を眺めていた。

「どこですかぁ」と訊ねる野太い声がおれを呼び戻した。自分でも訳の分からない言葉を口走りながら、おれは小走りで救急車を玄関先まで先導した。

おふくろの名前を確認した若い隊員が、おれを押しのけるようにして玄関の扉を開け、素早く中へ飛び込んで行った。ストレッチャーを押して来た年かさの隊員がおれに質問を繰り返した。居間に入ると、若い隊員がおふくろの耳に両手をあてがい、釣り鐘を割ってしまいそうな大声で「しげさん、しげさん、聞こえますか」と呼び掛けていた。

おふくろが目を開けた。口が半開きになる。紙人形みたいな顔に表情が戻ってくる。ヘルメットをかぶり、顔を寄せている救急隊員に気がつき、おふくろが「はっ」と息を呑んだ。そして、目の玉だけを四方に動かし、おれの目をつかまえた。

その目は、ほおっとしていて、気恥ずかしがっていて、なのに、放っておいてくれればよかったのにと咎め立てている。おれが何か言おうとしたとき、見開いたおふくろの目が力を失い、まぶたがしわしわと閉じられた。

処置らしい処置もないまま、おふくろはストレッチャーに乗せられた。手の施しようがないのか、という思いが頭をよぎった。

「行きつけの病院はありますか」と年配の隊員に問われた。懇意の町医者ではだめだ、という判断くらいは働いた。おれは去年の秋に咳がひどくなって紹介されたことがある市内の総合病院の名を伝えた。

「そうですか。じゃ、とりあえずそこに問い合わせてみます」

隣近所から出て来た人たちがおれたちを遠巻きにしていた。普段なら遠慮なく纏わり付いてくるのに、今は指さしたり、ひそひそ話したりしていた。ちょうどいいや、近くへ来るなとおれは背を向けた。おれはあの連中が苦手なのだ。

運転席に首を突っ込んだ年配の隊員が病院とやり取りしている。どこでもいいからすぐに運べよ、と毒づきたい気分だった。

車の後ろに行っておふくろの様子を見ようとしたとき、隊員が「受け入れてもらえました」と笑みを浮かべて言ってくれた。おれは肩の形が無くなってしまうほど体の力が抜け、できることなら地べたに座り込みたい気分だった。

サイレンを鳴らした救急車は、急ぐ風でもなく、でも明らかに急ぐ気持ちを見せて、夜の街を走った。見慣れた街並みだったけれど、どこかとんでもない異界に連れ去られている気がした。地獄の沙汰も金次第だとふいに思いついたおれは尻ポケットに手を触れた。財布は確かにあった。安堵の息をついて足もとを見たら、靴ではなくサンダルを突っかけていた。

車内には見知らぬ器具が隙間も無いほど置かれていた。それを目に追っていると気持ちが縮み、おれは頭のつかえる車内でおふくろの脇に小さくなって座っていた。

年配の救急隊員が操作する血圧計を見つめていたら、おふくろが「日月堂のアンパンが」とかすかな言葉を漏らした。おれはおふくろの口もとに耳を寄せ、「アンパン？」と問い返した。聞き慣れたおふくろの声は返ってこない。おれはおふくろの耳に口を寄せ、「わかったよ」と答え、しわしわした皮膚しか張り付いていない手を握り直した。

食い気があるなら大丈夫だと笑いかけたとたんに、バナナの房が眼の裏に現れた。死ぬ間際になって、おやじが好きなものを食べたがった。それがバナナだった。三十数年前のその話はおふくろから何度も聞かされた。そうか、やっぱり死ぬんだと覚悟したおれは病院に着くまでおふくろの手を両手で包むように握っていた。

うす暗い待合スペースには長椅子が行儀よく並んでいる。誰の姿も見えない。廊下の突き当たりで蛍光灯が光を放っている。その明るさがかえってうら寂しさを駆り立ててくる。看護師が出入りするたびに、目の前の扉が音もなく横に動く。救急処置室の中の光がおれの前にあふれ出てくる。

彼女たちの忙しげな足取りが不安を掻き立て、死んじゃうんだな、という諦めをもたらし、おふくろの年金が貰えなくなることや、誰におふくろの死を伝えたらいいんだろうとかと考え悩んだ。おやじの鉄工所が行き詰まったときに借金し尽くした不義理を思い、そんな親戚はいないよな、と首を横に振り、明日に決勝戦を迎える競艇の選手たちの誰が調子良かったんだっけと過去の戦績を整理し、ああ、明日は行けないんだよなとため息が漏れた。

ストレッチャーに乗せられたおふくろが処置室から運び出されてきた。おれは思わず立ち上がった。おふくろには相変わらず表情が無く、目は閉じたままだった。

「検査をしに行きますから、待っていてくださいね」と看護師に言われたおれはまた長椅子に座り直した。

あたりが静寂に包まれた。急に手持ち無沙汰になった。先のことを考えたくなくて、おれはスマホを開いてみた。

サッカーは延長戦にもつれこみ、日本が逆転で勝ったと知った。嬉しくもなんともなかった。おれはスマホを胸ポケットにしまい、ぼんやりした目を床に落とした。「日月堂のアンパンか」と呟き、買ってこなければと決心した。

日月堂は小学校に行き帰りする道端にあった。進駐軍がおれたちの町に居ついた頃に店を出したパン屋だった。納豆、干魚、野菜、漬物なんかでご飯を食べ、脱脂粉乳と一緒に食べるパサパサのパンしか知らない子供たちに、毎朝パンを焼く香ばしい、まるで眩しい国へ連れて行ってくれる匂いをプレゼントしていた。たまに小遣いを余計にもらうと、おれはゴム草履をパタパタさせて買いに走った。コッペパンにジャムとバターを塗るおばさんの手を覗きこみ、「もっとだよ、ねえ、たっぷりだよ」と声を枯らしたものだ。

そこのアンパンだ。遊び疲れて寝てしまったおれや、夜まで働いたおやじには内緒で嬉しそうにかじっていたのかと思い、おふくろらしいやと口もとが緩んでしまった時、処置室のドアが横に滑った。

「須田しげさんの、ご家族の方ですね」

看護師が事務的な口調で確かめた。あれ、やっぱり、だめだったのかと思った。おれは一人ぼっちになるのだと思った。面倒がなくなってさばさばするさと思った。金のことは何とかなるさ、今までだって何とかなってきたと自分にささやいた。

しかし胸の中が殺風景になった。自分の臨終の姿が脳裏に見えた。誰にも看取られずにおれは死ぬことになるんだと体がひと震えした。

看護師が「なかに入ってください」と手招きした。腰が引ける思いで診察室に入った。

おふくろが車椅子に座っていた。おれはシャツの袖で目をこすった。肩を落としてやけに小さく見えたけれど、おふくろは車椅子に座っていた。おどかしやがって、と看護師を睨んだけれど、彼女は背を向けてベッドを直していた。

若い救急医が「入院して様子を見ることにしましょう」と言った。おれは、病名も聞けず、どんな容態なのかも口にできず、無言のまま頷いた。

看護師の巧みな手を借り、おふくろは四人部屋の奥のベッドに横になった。点滴の針を刺したり、コールボタンの使い方を説明したりしても無反応だ。彼女が出て行った後、あたりを憚りながら「なあ、ばあちゃん、どんな具合だ?」と声をかけた。おふくろは黙り込んだまま宙に目を漂わせた。おれはそれっきり何も言えないでいた。すると、カーテンで囲われた三つの密室にいる患者の気配に纏わり付かれている気がした。おれだけが異分子みたいな気がしてきた。早くここを出ようと尻がむずむずしてきた。

「着替え、持ってきてないからさ。すぐに、戻ってくるから」と耳元でささやくように言うと、おふくろから「ああ」と声が出た。幽霊の口から漏れたみたいだった。

静まり返った街が家に戻るタクシーの窓を流れて行く。さっきと違って慣れ親しんだ街並みに見えた。背後に走り去ってゆく店舗の明かりを眺めていると、日月堂の店構え、そこで焼いて売っていたパン、そしてあの香ばしい匂いが記憶の底から蘇ってきた。あの町から夜逃げしてもう半世紀かと思ったとき、借金取りに頭を下げるおやじの必死の顔が目に浮んだ。涙で潤んだおれの目に信号灯が赤く滲んだ。

家に着くとタクシーの運転手に待つようにと頼み、急いで着替えや洗面道具をさがした。おふくろが入院するなんてことは初めてだから、下着やパジャマを探し出すのに手間取った。何を持ち込んだらいいかもあやふやだった。とりあえず思いついた物をかき集め、食い残した料理の臭いが鼻をつく居間に積み上げ、この家にあったかなと訝りながらボストンバッグを探した。

洗面台に並ぶ化粧品だけは何がなんだか分からなかった。その種類の多さに舌を巻き、おふくろが思いのほか化粧に気を配っていたことにはじめて気がつく始末だった。ともかく全部まとめて紙袋に押し込んだ。

病院の横手にある夜間通用口でタクシーを降り、守衛に検問され、足音を忍ばせて病室に入った。おふくろは眠っていた。仕切りのカーテンを静かに閉じ、衣類を詰め込んだスポーツバッグを床に置いた。音を殺して紙袋をベッドの下に押し込んだ。丸い椅子に腰を下ろし、ベッドサイドの豆電球に照らし出されたおふくろの顔をまじまじと見た。

薄い白髪、顔に深く刻まれた皺、たるんだまぶたの染みなんかをこれほどじっくりと見たことはなかった。老けたものだと思い、心配をかけ、なのに口喧嘩ばかりしていたと自責する気分になり、おれは思わず頭を下げていた。

毎晩通い続けたスナックのフィリッピン女と四十歳半ばで一緒になった。おふくろは真っ向から反対した。しかし、半年もしないうちに、稼ぎが悪いと罵られて女に逃げられた。腰を据えて働かないからだとおふくろにバカ呼ばわりされた。「これで家系が跡絶えるなあ」と嘆かれたときは、「須田なんていう夜逃げの家系なんか、残すほどのものかよ」と大喧嘩になった。その翌日だったか、女に貯金が全額引き出されていたことを知った。女の勤めていたスナックに行き、マスターを捕まえて女の居所を追及し、酔った勢いで警察沙汰を起こした。迎えに来たおふくろに警察官の目の前で頬を張られた。

おれだって精一杯やったんだからさ、と声もなく話しかけると、ぐっと溢れてくるものがあった。口を尖らせ、おふくろと言い合いをするのも、あと少しの間だけのことだ、いや、もしかしたらもう無いかもしれないと思ったおれはうなだれた。

仕切りカーテンが細く開き、懐中電灯の光がおふくろを照らし出した。年若い看護師が「あとは私たちが見ますから、とりあえずお帰りください」と言った。「よろしくお願いします」と頭を下げてからおれは廊下に出た。

エレベーターに向かって何歩か歩いたところで、そうだ、と気がつき、薄暗い廊下の壁に寄り掛かって看護師を待った。

看護師が病室から出て来た。彼女は懐中電灯をおれに向けて近寄ってきた。揺れながら近づく懐中電灯の光がおれの瞳を突き抜けたとき、ぐれていた頃に職務質問された記憶が蘇った。

「どうかされましたか」と問う彼女の声が低い。

「おふくろ、危ないんですかね」

彼女は体をひねって後ろを見やり、答えるまでに間があった。

「いえ、落ち着いて、いますから」

弱い声だった。おれは疑わしい思いを持った。

「今晩が、もしかして、山ですか」

「いいえ、そんなことはないと、思います」

否定したが口元が強張っているように見えた。おれはがっくり俯いた。足もとに懐中電灯の丸い光が明るかった。それは蟻地獄のような円錐形に見え、おれは爪先からそこに滑り落ちそうになった。

「須田さん、おかあさまは、心配ありませんから」

看護師の声が自信に満ちていた。おれは余計に信じられなくなり、肩を落としてため息をついた。

「あの、もしですよ、何かあったら連絡しますから」

「頼みます、死に目にだけは、会ってやりたいんで」

おれはぼそぼそした声で言って頭を下げた。

病院を出た。空を見上げると、春の半月が薄い雲に身を沈めていた。おふくろのことだから、ろくでなしのおれを気に病んで死ぬんだろうなと思った。

真っ暗な家が待っていた。おれはぐったりした足取りで冷え冷えとした居間に入った。焼酎を入れたグラスの氷は解け、卓がぐっしょりと濡れていた。食べ散らかした皿の上の料理は黒ずんでいた。おれは立ったまま残った焼酎を一気飲みした。間が抜けた味だった。味気のないおれひとりの生活を見た気がした。

パジャマに着替えずにベッドに潜りこんだ。頭から布団をかけ、いつ鳴るかもしれない電話の音に神経を張り詰めた。

おふくろの呆けが進み、下の世話こそないが、おれは家事に追い回された。おふくろは「ありがとう」だなんて言わなかった。知らないうちに貯金を引き出されたと責め立てるおふくろと大喧嘩をした。殺してやるぞと思った瞬間だった。おれなんかよりはよほど頭の回転が良かったおふくろなのに、テレビを指さして、観ていれば分かることを何度も聞き返すから「うるせえんだよ」と怒鳴ってしまった。シュンとして黙り込むが、またすぐに同じことを聞いてきた。しかたなく説明する羽目になるけれど、おれの口調には「バカが、分かれよ」という呟きが混じっていた。それまではそんなことは言わなかったのに「体にいいんだからゴマを食え、もっと食え」と言い、白ばくれても体いいんだからとしつこかった。「うるせえな！　体なんかどうだっていいんだよ」と箸を投げ出し、外で酒を飲んだのは一昨日のことだった。

アンパンか、とまた日月堂のアンパンが目の前に現れる。もう、逝っちゃうんだよな、という予感が絡みついてくる。

まだ薄暗いうちに、おれはコーヒーを飲み、テレビをつけて、マニフェストがどうだ、消費増税がどうだという政治問題、誰が離婚した、付き合っていたなどという芸能人の話題といった相変わらずのニュースをぼんやりと眺めていた。これからは、一人っきりで飯を食い、テレビの声を聞き、寝るのだと思った。

まあ、それもいいさ。気が楽になるし、体だって楽だ。このまま逝ったほうがおふくろだって幸せなんだ。

おれは椅子を蹴って立ち上がった。

病院の周囲に点在する狭い専用駐車場は込み合っていた。うろうろと走り回ったが空きスペースはなかった。きっとこんな時に危篤になるんだと焦り、もっと広くしとけよと悪態をつくがどうしようもなかった。駐車場を出て目についた薬局の駐車スペースに飛び込み、猫なで声で事情を説明し、許可を貰ってから一目散に病室に向かった。

窓から眩しい光が差しこんでいた。仕切りのカーテンは開け放たれ、ベッドの上に起きていた三人が一斉におれを見た。逆光の中に動かない老婆たちの姿は不気味だった。叱られた子供みたいに「すいません」と頭を下げ、窓際に近寄って仕切りのカーテンを引き開けた。

医者嫌いで市の老人検診は拒否し、入院などしたことがないと自慢してきたおふくろは口元まで毛布をかけていた。目は覚ましていた。しかし、天井に向けられている目の光は薄い。

アンパンだ、とおれは思った。椅子に座って話をすることも手を握ることもせず、「昼前には戻るからな」と言い残して病室を飛び出した。

頭の中にアンパンが山積みになった。車が曲がり角やカーブに差し掛かる度にその山は崩れ落ち、直線道路を走る間にまた山になった。

小一時間ほど走ると飛行場跡地に差し掛かった。

四角い荷を吊るした落下傘がゆらゆらと下りて来ると、遊びを放り投げ、みんなして宝物が入っていそうなカーキ色の箱を追いかけた。飛行場の鉄条網を潜り抜けて中に入り、迷彩色の戦闘服を着た巨人のような兵士に「Ｈｅｙ　Ｂｏｙ！」と手招きされて蜘蛛の子を散らすように逃げ、チョコレートやガムが貰えたかもしれないと息を切らせて悔しがり合った。飛行場の右手には将校のために建てられた白いハウスが芝生の上に散在し、広々として明るいゴルフ場があった。

おれは子供の頃の出来事や町の様子を少しわくわくしながら思い出し、飛行場跡に沿う道を走った。

草だらけの飛行場は富士重工のモータープールになり、このボロ車と交換してくれよと思いたくなるほどきりも無く新車が並んでいる。そして、将校ハウスの跡地には、分譲住宅が隙間もないほど立ち並んでいた。

おれが生まれ育った町に着いた。

戦闘機などを造っていた中島飛行機の町が米軍基地の町になった。やがて三洋電機の企業城下町となり、そこもパナソニックだかに身売りしたらしい。今では黄色と緑色ばかりが目立つブラジルタウンへと変わっていた。

中心地の真ん中を貫く道路の左右に立ち並ぶ平屋や二階建ての店には、英語とは違う横文字の看板が氾濫し、ところどころに日本語の看板がおとなしく挟まっていた。まだ春の寒さがあるというのに、日本人の顔をしている女がタンクトップを身に張り付け、スペイン語だかポルトガル語だかを早口でしかも声高に言い交わしながら信号待ちしているおれの車の脇を歩き過ぎた。グラマスなくせに背の低い女の胸もとはあらわだった。おれはゆさゆさ揺れる二人の乳房を観察し、もう縁がないよなとため息をもらした。

車を道端に止めて少し歩いてみると川があった。

土手を滑り降り、岸辺の草の上にあやうい姿勢で座り、スルメの足をタコ糸で縛りつけ、棒きれを竿にしてザリガニ釣りをした川だ。ザリガニが糸を引く生々しい感触が手のひらに蘇った。そののり面が今はコンクリートで固められ、素っ気なく日の光を反射していた。白い買い物袋が浮き、川底には割れた壜や空き缶が見える。

川に架かる橋の手前に日月堂が当時の姿のまま残っていた。「あったぁ」と声が出た。おれは店全体を舐めるように眺めた。明るいグレーに塗られていたトタンの外壁は色褪せて錆び付いている。そして「嘘だろう?」と思うほど小さな店構えだった。

おれは店の前に直行した。そして、顎を上げて犬みたいに鼻をクンクンさせてみた。パンを焼くあの甘く湿ったような懐かしい匂いはしてこなかった。木格子にはめ込まれて波を打つ薄いガラスや、そこに白いペンキで書かれた店名の文字を撫で、おれは額をガラスに押し当てた。

暗くてがらんとしていた。空っぽのショーケースがぽつんと残っていた。「おばちゃん」と店の中に呼びかけ、四枚戸の一枚に手をかけた。戸は動かなかった。ガラス戸を揺さぶった。日系人の男が肩をすぼめて通り過ぎた。おれも肩をすぼめて車に戻った。

運転席を倒し、腕組みをして仰向いた。

空はうららかに晴れわたっていた。

眠気が空からこぼれてきて脳みそをこね始めた。

おれは両頬をパシンと音高く叩いた。

だめだ、だめだ、眠っちゃだめだ。どこかでアンパンを買って帰るしかない。

おれは流しのタクシーのように目配りをしながらゆっくりと車を走らせた。記憶に残っていた八百屋も、魚屋も、駄菓子屋も無かった。見知った店構えがあっても、落書きの書き込まれたシャッターを下ろしているか、日系人の店になっていた。

目の前に川が現れた。景色は一変していたが、ここまで遊びに来て、いつだって、向こうに渡れたらなあと思っていた場所だった。向こう岸の田んぼまで石の投げ比べをし、土手を駆け上がってきた麦藁帽子の爺さんにしこたま怒鳴られた。今は橋ができていて、まさか、と思うくらい巨大なモールが望めた。

おれは車を転がして別世界を探険するみたいな気分で橋を越え、広々した駐車場のまんなかに車を止めた。まわりには「ダイドー」、「マツモトキヨシ」、「サンキ」、「コメリ」といった格安販売の店が並んでいる。その中心に「フレッセー」と看板を掲げたこぢんまりしたスーパーがあった。

店の中に入り、すぐにパンコーナーの看板を探し当てた。セロファンに包まれたアンパンが棚の上のほうに並んでいる。「あったぁ」と心の中でガッツポーズして歩み寄ったとき、中年女のでっぷりとした背中が目の前に割り込んだ。女がむんずとばかりアンパンをつかみ取り、ひとつ、ふたつと買い物籠に放り込んだ。「おい、おい、おお」と思わず声が出た。女が胡散臭そうな顔をしておれを睨みつけ、またアンパンに手を伸ばした。上州のはずれではあるけれど、今でもこの町の女は気が強いようだ。おれは亀のように首を引っ込め、食パンが積み上げられている向かい側の棚の前に立った。

女の巨体がズカズカと音を立てておれの後ろを歩き去った。ひとつ身震いしてからおれはアンパンの棚に移った。

まだ二つも残っている。おれはすばやく一個を手に取った。ふかふかしている。うまそうだ。しかし大きすぎる気がする。日月堂のアンパンはこんな大きくなかった。

下の棚からジャムとマーガリンを塗ったコッペパンを掴み上げた。長くてスマートだ。これも違う。おれが食ったコッペパンはずんぐりむっくりしていた。

「まあ、いいいか」とおれはアンパンだけを手に持った。

　呆けているおふくろだ。１００円ショップの「ダイドー」で紙の小袋を買ってそれに入れ替え、「買ってきたよ、日月堂まで行ってさ」と取り出して見せれば分かりっこない。

　レジの列に並び、小銭入れから、八十八円分の硬貨をつまみ出した。あと少しでおれの番になったとき、思い直してパンの売り場に戻った。そして、ジャムとマーガリンのコッペパンをわしづかみにし、レジの最後尾に並び直した。

　ダイドーに立ち寄ってから帰路についた。

　運転しながらコッペパンのセロファンを破った。いい匂いがして腹が鳴った。唾液が溢れた。おれは大口をあけてコッペパンに噛みついた。柔らかすぎて頼りない感じだったが、ジャムとマーガリンの懐かしい味が舌に優しかった。あっという間に食い終え、腹が半端に満ち足りた。「あぁあ、アンパンも買えばよかったなあ」と悔い、おれは「ばかやろうが」と自分を叱った。

　病室に戻った。おふくろはベッドに横たわって天井を眺めていた。何も考えてもいないし、見えてはいても実は何も見ていないおふくろの表情は朝と変わっていない。

「ばあちゃん、まだ、生きているみたいだな」

　おれは軽口を叩いてベッド脇の椅子に座った。

「日月堂のアンパン、買ってきたよ」

白い紙袋を差し出すと、おふくろがおれに目を向けた。スーパーにいた中年女に負けない目力があった。

「なにを?」

「食いたいって、言っただろ?」

「だから、なにをだい?」

「日月堂の、アンパン」

「知らないね」

おい、おい、とおれは口に出しそうになったけれど、それは腹の底に収め切った。

「日月堂のあれだよ、アンパン。にち、げつ、どう、のやつ!」

おれは有無を言わさぬように強く言った。蒸し返されたら話が長くなって面倒くさい。ページが飛んでいる推理小説を読んでいるみたいな疲れる展開になってしまう。ここは病室だ。国会の質疑応答みたいなすれ違った言い合いをする場所じゃない。

「ほれ、うまいんだぞ」

白い袋からアンパンを取り出した。セロファンの袋は車の中で剥ぎ取ってあった。おふくろはおれの顔とアンパンを何度も見比べた。

「日月堂のだよ。食いたいって、言っただろ！」

おふくろは「へえ？」と首を横に折った。ポキンという音が聞えてきそうだった。

「ほら、食ってみろよ」

おれは皺だらけで干乾びたおふくろの手のひらにアンパンを置いた。おふくろは顔の前にアンパンを持ってきて物珍しそうに眺めた。アンパンは昼の光を一身に浴び、ふっくらした温かい焼き色を見せている。

「しげさん、いい、せがれさんだねえ」

後ろからしわがれた女の声がした。振り向くと、総白髪の女が隣のベッドで身を起こしていた。皺の深い赤茶けた顔をしている。百姓をし続けてきたのだろう。

「どうも」とおれは頭を下げた。

「おれになんか、だんれも、来てくんねえや」

おれは「はあ」と口を半開きにしたまま、何と答えていいか思いつかず、「それは寂しいことで」ともごもご呟いて頭を下げた。しかし、いい気分になったおれの口もとはニヤッと緩んでいた。

「ああ、だけど、少しバカさ」

おれはおふくろを睨みつけた。頬を膨らませ、唇を突き出し、余計な一言をつけ足しやがって、とばかり身を乗り出した。

「バカくらいが、ちょうどいいんさ」と言って総白髪の女がおれを見てまぶしそうに笑った。

「そうかい？」

「せがれも娘も、東京の大学なんぞにやったもんだから、帰って来やしねえ。ろくなもんにならなかった」

「そうかい、そりゃ、悔しいね」と同情したあと、おふくろは前歯に当ててアンパンの端を噛み切った。噛み跡が白く残った。パンの匂いが漂った。「ゴクリ」と飲み下す音がした。

おふくろは手にしているアンパンを眺めた。

おふくろの口が赤く開き、今度は真ん中近くまで噛み取った。黒い餡が顔を覗かせた。おふくろの顔に笑みが浮かんできた。

「うんまいよ」

ゆっくりと咀嚼するおふくろの口は血のしたたる獲物の肉片を噛んでいる猛獣のように生々しかった。口元に張り付いた餡を舐め取る舌先が艶めかしく動いた。

「だけど、これはさ」

「ん？」

「ヤマザキのだよ」

おふくろはおれの手にある紙の小袋に刺すような視線を向けてからアンパンにかぶりついた。

あらぁ、バレてら、と思った。おいおい、元気じゃないか、まじかよ、と思った。おふくろは命がしぶといのだと思い知った。しゃにむにゴールを目指して動き回るロスタイムだった。守るばかりのロスタイムだなんてとんだ見当違いをしたものだ。呆けが進んでも、認知症になっても、この先どこまでも生きて行きそうだ。

安心したような、しかし、どこかうんざりしたような気持ちがぶつかり合い、おれはへんてこな笑い顔になったまま椅子の背に寄りかかった。いわく言いがたいため息が胸の奥深くから押し出されてきて、おれは腕組みをしながら「ううむ」と俯いてしまった。

忙しく動くおふくろの皺だらけの口から「くちゃ、くちゃ」という粘っこい音が聞え、それはだんだん大きくなっていった。

大雪に閉じ込められた一日

聞いたことのない重い音が鼓膜を突き抜けた。目を覚ました富子さんは枕元の蛍光灯を点し、ふとんを被ったまま耳を澄ませた。世界が消えてしまったのかと思えるほど静かだ。

「夢だったのかい」と首をかしげ、目覚し時計を手に取った。六時を過ぎていた。

ふとんに手を突いて「どっこいしょ」と身を起こし、そろりとベッドを下り、少し前かがみになって畳の上に立った。

認知の症状が出始めたからと言って隣県に住む息子の隆幸さんからしつこく同居を求められた富子さんは「バカ言うんじゃないよ、あたしは普通だよ」とそっぽを向いてきた。「相変わらず頑固なバアちゃんだ」と口を尖らせ、転んで骨折でもしたら寝たきりになるからと心配した隆幸さんが買ってくれたのがこのベッドだった。隣近所の人から「いいせがれさんだね」と誉められると、「余計なお世話なんだよ」と憎まれ口で応えているが、畳に敷いた布団から起き上がることがどんなに大変だったかを知った富子さんは実は嬉しかったのだ。

窓のカーテンを開けた。すりガラスがいつもよりも明るい。目をしばたたき、目ヤニをこすり落としながら、富子さんは「ああ、そうだった」と思い出した。昨夜、何か事が起これば必ずそうするように、テレビが新宿駅前の様子を中継していた。「大雪警報」とかいう聞きなれない言葉をテロップで見たが気にもかけなかった。

窓を開けると雪が音も無く降っている。庭の樹木たちもさざんかの生垣も雪でこんもり覆われて別世界を生み出していた。

雪国富山で生まれ育った富子さんは、冬でも青空ばかりのこの地で久しぶりに見た大雪に、「あら、あれ」と子供みたいに心楽しくなり、顔を外へ突き出した。

万物が息を殺して時をやり過ごしているような静寂が「シーン」と音を立てながら寒さと連れ立って部屋に忍び込んできた。

「おお、さぶ」と言って窓を閉めた富子さんは玄関に通じる木格子のガラス戸を引き開けた。いつもより重い。そういえば窓も開けにくかった。どうしたんだろうと今さらながら不思議に思って力任せに引いた時、雪の重みで雨戸も襖も開かなかった富山の冬の記憶が蘇った。

玄関の黒タイルの上で老犬タロウが夫の毛布に包まっている。富子さんは「タロウ、雪だよ」と弾んだ声で呼び起こした。しかし、毛布が作り出すなだらかな小山は動かなかった。

夫を交通事故で喪ったとき、寂しくなるからと隆幸さんが連れてきた子犬がタロウだった。秋田犬に似た顔をしていたけれど毛並みは黒っぽく、片目のあたりだけが白毛のぶちになっていた。突然夫を喪ってしまった寂しさが、こんな不細工な姿をした犬を飼ったからといって薄まるとは思えなかった。無言のままでいる富子さんに根負けしたのか、隆幸さんがつむじを掻きながら「散歩している時にさ、拾ってきた犬なんだ」と告白した。よく見ると寂しそうな不安そうな顔をして震えていた。〈要らないよ〉と断るつもりでいた富子さんは何も言えなくなった。そしてタロウは富子さんと同じ八十歳半ばくらいになり、今ではかけがえのない連れ合いになった。

　老衰が始まってから〈おいでよ〉と富子さんが手招けば、タロウはよろよろしながらでも立ち上がって部屋に入ってくるようになった。けれど、昨夜は顎を床につけたままだった。

〈だるいんだね〉と言って玄関に下り、腰をかがめて抱き上げようとした。タロウも起き上がろうとしたけれどタイルに爪先が滑るだけだった。めっきり筋力が衰えた富子さんの腕もタロウの体から滑るように外れてしまった。

〈おまえも、あたしも、年取ったねえ〉とタロウの頭を撫でると、タロウは〈ワン〉と細く吠えてから睫毛の長い目を伏せ、顎を両足に載せてうな垂れた。そして、また顔を上げた。何か訴えるような目が切なくて、富子さんは骨ばったタロウの背を無言のまま何度も撫でた。

　タイルから寒さが染み上がっていた。富子さんは夫の使っていた毛布と使い捨てカイロを抱えて来た。そして、タロウの体を包むようにその青い毛布をかけてやり、揉みしだいて温かくなったことを確かめたカイロをタロウが横たわる古毛布の下に並べた。タロウは前足を踏ん張って少しだけ起き上がり、〈ありがと〉とでも言うように首をかしげた。〈これでぬくもって、ゆっくりおやすみ〉と頷いて富子さんはタロウの頭を撫でた。タロウは小さな息と一緒に〈くん〉と鼻先から声を上げ、懸命に首を伸ばして富子さんの頬を舐めた。

昨夜のそんないきさつを思い出した富子さんは「タロウ、ほら、雪が降っているんだよ」と玄関に響き渡る強い声をかけてみた。しかし、毛布の小山は動かなかった。

「やっぱり具合が悪いのかい」と労わりながら富子さんは素足で黒タイルの上に下りた。氷の上に立ったようだった。慌ててサンダルを突っかけ、「だから、部屋においでって、寝る前に言ったじゃないかい」とたしなめた。そして、「おまえは言うことを聞かないからねえ。あたしと似たもの同士だ」と皺だらけの口元に苦笑いを浮かべ、「そうだろ、タロウ」と言って毛布をめくり上げた。

タロウは揃えた前足に頭を載せて横を向き、目を閉じたまま動かなかった。富子さんは首をひねりながら、「タロウ、ほら、雪が降っているんだよ」とやさしく首筋を撫でた。

思いのほか冷たかった。富子さんは「寒いからねえ」と言ってタロウの脇に手を差し入れた。温かみが感じられた。タロウがまだ眠っているのだと安堵した富子さんは「なにしろ、寒いからねえ」とまた言って垂れた耳のあたりまで毛布を掛け直してやった。

何かをぶつぶつと呟きながらサンダルを脱ぎ、富子さんは居間に通じる木格子のガラス戸を引き開けた。そして、まっすぐ台所に入り、冷蔵庫から一人暮らしの老人に町から配られる手のひらサイズの牛乳パックを取り出して小鍋で温めた。白い深皿にその牛乳を入れ、息を吹きかけて冷ましながらすすり、「いいあんばいだ」と目を細めて玄関に戻り、その深皿をタロウの鼻先に置いた。

タロウは眠ったままだった。

「タロウ、ほら、これを飲んでさ、温まって、雪を見ようじゃないか」とはしゃいだ声で言いながら富子さんは玄関の扉を押し開けた。

　扉は少し開いただけで何かにぶつかり、隙間から冷たい風が帯となって入ってきた。慌てて扉を閉めたとき「ザッ、ザザ、ザァー」という音が鳴り響いた。それはベッドの中で聞いた音と同じだった。不安を感じながら富子さんはまた玄関の扉を押してみた。今度は富子さんの顔の幅くらいしか開かなかった。

「はてねえ」とタロウに目をやって呟いた富子さんは居間に戻ってカーテンを開けた。

目の前に屋根からなだれ落ちた雪の壁があった。白い壁は富子さんの腰の高さを越えていそうだ。

雪はまだ降り続いており、あたりはホワイトグレーの大気に包まれて薄明るい。

「あれあれ」と目を丸めた富子さんは庭へ下りる南側のサッシ戸を引いた。白く凍った空気が流れ込んだ。富子さんは戸の縁をつかんで身を乗り出した。

　玄関先に落雪が折り重なり、扉の前に大きな雪の塊がいくつも転がっている。

「あれあれ、まあ、まあ」と呟いて玄関に戻った富子さんは「雪に閉じ込められたよ」とタロウを毛布ごと揺り起こした。

　やはりタロウは目覚めなかった。

「タロウ、どうしたんだい？」と言って毛布をめくった富子さんはもう一度タロウの背を揺すった。

体の芯が硬くなっていた。

ポカンと口を開けたまま富子さんはゆらりと立ち上がり、「おまえ、死んだんか」と言ってタロウを見下ろし、小暗い声で「なんてことだ」と呟いた。

悲しいと思いながら悲しいと感じられない。涙が溢れてこない。何かしなければと思う。しかし、何をどうしようと考えることができない。富子さんは前のめりになった老女の泥人形のようにその場に立ち尽くすだけだった。

やがて体が震えはじめた。まだ茫然としたまま「どっこいしょ」と掛け声の力を借りた富子さんは上がりかまちに足をかけ、「死んだんか。そうか、死んだんか」と呟きながら居間に戻った。そして、いつもみたいに慣れた手つきで暖房を入れ、こたつのスイッチを入れて座椅子に背を預けた。何気なく見上げた壁時計の針は七時少し前を指していた。

夫が死んだ時には人目も憚らずに号泣した。なのに、今は涙の一滴も生まれてこない。「あたしはタロウに薄情なんだねえ」と呟いた富子さんは口癖になった「どっこいしょ」の力を借りて立ち上がり、台所に入って朝ごはんの支度を始めた。

玄関で電話が鳴った。手を止めて玄関に目をやった富子さんは何も聞えなかったとでもいうように下を向いて包丁を動かした。

サラダ添えの目玉焼き、紅茶、そして焼いたばかりの食パンが座卓に並んだ。夫好みの朝食が今でも身についている。いつものようにテレビをつけた。大雪のニュースばかりだった。富子さんはみけんの皺を深くしてテレビを消し、座椅子に凭れ掛かって外に目をやった。

ホワイトグレーだった空気が朝の光に染まってまぶしい。雪は細かな粒になったようだ。なんとなく耳をそばだてた。車の走る音がしない。人の声もない。神経質に吠え立てる向かい家の犬の声も聞こえてこない。そして、タロウが傍らで行儀よく座っていない。

頭の隅でいつもと違う奇妙な朝だなと感じた富子さんは顔を伏せたまま黙々と口を動かした。スプーンで掬い上げた卵の黄身が口の中でとろけて深い味がした。みずみずしいレタスがその口を爽やかにした。焼いたパンの匂いとたっぷり塗ったバターの塩味が体に力を与えてくれるようだ。

冷たくなったタロウを思いながら食べたけれど、どれもが美味しかった。そう言えば夫が亡くなった時も、三度の食事を欠かさずに食べていた。「人間って、まあ、たいしたもんだねえ」と富子さんは誰にともなく声に出して言った。しかし、大好きなＮＨＫの朝のドラマを観る気は起こらなかった。

裏手の屋根から雪の滑り落ちる音がした。呼応したように表の屋根からも重い音がした。富子さんはやおら立ち上がり、玄関に行ってサンダルを突っかけた。氷の板を履いたようだった。足元にタロウが横たわっている。

「とにかくさ、外に出られないとな」と言って富子さんは玄関の扉を押した。皺だらけの皮膚を纏った体が持っているありったけの体重をかけたせいか、さっきよりも扉が動いた。それに力を得てまた押したが外に出られるほど扉が開くことはなかった。

「そうか、ばかだねえ、あたしは」と言い、長靴を手に提げて居間に戻った富子さんは力任せに東側のサッシ戸を引いて洗濯物干し場になっている下屋に下りた。そして、プラスチックのチリトリを手にし、吹き込んできて足首の上まで積もった外壁際の雪を剥ぎ取りはじめた。

雪は思いのほか軽かった。チリトリを動かした分だけ道ができた。それが愉しくなって鼻歌も出た。

壁際を角まで辿って玄関先を見た。そこは北アルプスのような雪の連山になっていた。「ありゃまあ」とあきれた富子さんは「しょうがないねえ」と口元に苦笑いを浮かべ、せっせと雪を剥ぎ取った。

玄関先まであと少しのところまで来た時、電話が鳴った。呼び出し音が十数回続いた。「しつこいんだよ」と口を尖らせ、富子さんは「あたしは、今、忙しいんだからね」と凄みを利かせた。その脅迫が聞こえたらしく苛立たしい連続音はプツンと切れた。

富子さんは疲れた腰を伸ばし、パジャマの袖で額の汗を拭って庭に目をやった。雪を被って白骨のようになったハナミズキの枝の間から差し込む日差しが地面に積もった雪に弾かれて目に痛いほど眩しい。顔を上げると白い枝の向こうには青空が広がっていた。

「タロウもあそこに行くんだねえ」と言ってため息をついた富子さんの耳に「ザク、ザク」という音が飛び込んだ。隣の原田家の方からだった。

程なくして玄関近くに原田の悟さんが頭にタオルを巻いた汗だくの顔を見せた。雪壁に囲まれた細い道が両家を仕切る生垣を越えていた。その生垣には夫が亡くなった後に悟さんからの提案で作った両家への出入り口があった。

「トミさん、元気そうだ。ほっとしたよ」

鉄工所を退職したばかりの悟さんが大きな声で笑った。そのはずみでハナミズキの枝からこぼれたダイヤモンドダストのような雪が朝日に輝いた。きれいだねえ、と思わず洩らしそうになった言葉を富子さんは「朝も食べたしねえ」と言い換えていた。

「そうかい、そりゃ良かった」とまた笑った悟さんは鉄のシャベルであっという間に玄関前の北アルプスを突き崩し、白い塊を休む間もなく放り投げた。汗が玉となって噴き出し、悟さんの目尻や口もとに流れ落ちた。富子さんは役所でも家でも働き者だった夫を重ね、懐かしいような、悲しいような気分になり、黙って眺めていた。

悟さんは玄関の扉を開け閉めして具合を確かめ、「タロウはまだお寝んねかい？」と毛布に包まっているタロウを覗き込んだ。富子さんはタロウと悟さんの間に割って入り、小さな体で毛布の小山を隠して「まあねえ」とあいまいに笑った。

「そうかい、そういえば、ここんところ、元気がなかったしな」

「カイロが入れてあってね」

「じゃ、ぬくぬくと気持ち良くってことか」

「まあ、そんなとこだね」と富子さんはもごもごと言い、振り返って毛布の小山を眺めた。

そうなのだ。タロウはぬくぬくと気持ちよく死んでいるのだ。

ひそかに胸の内で呟いた富子さんは悟さんの背を押し、一緒に外へ出た。そして静かに玄関の扉を閉めた。

「よくもまあ、降ったねえ」。

「ああ、降った、降った、まあ、土曜日だから、まだ良かったけどね」

「土曜日かい、今日は」

「これじゃ、出勤できないからね」と言ったあと、悟さんは「おれには関係ないけどな」と高笑いした。そして「あそこまでやっとかないとな」と言って玄関から門までの雪を掻いてくれた。

「これで通りまでは行けるよ」と首にさげたタオルで汗を拭き拭き戻ってきた悟さんの手にはビニール袋に入れられた新聞があった。

「だけど、よく積もってる。解けるのを待つしかないな」

「あら、まあ、新聞が来ていたんだ。新聞屋さんはえらいねえ」

「おれたちゃ、今すぐやらなくちゃならないことなんか、何にも無いけどな」

悟さんは愉快そうに笑って帰って行った。

富子さんはそろそろと門まで足を運んだ。胸の高さに雪を見ながら歩く感覚は子供の頃に戻ってしまったようで不思議だった。そして面白かった。

門扉を開き、いまは車の無い片屋根の車庫に出て道路を眺め渡した。庭よりは低かったが道路にはバイクも車も通れないほど雪が積もり、わだちの跡らしきものも足跡のような凹みも見えない。富子さんは新聞屋の若者がまだほの暗い空をサンタクロースみたいにそりを走らせて朝刊を配達している姿を想像し、「ありがたいことだ」と青い空に向かって頭を下げてから家に戻った。

冷え切った足をコタツに入れ、老眼鏡を掛けた富子さんは指をぺろりと舐めて新聞を開いた。蛍光灯をつけ忘れたけれど部屋の中には透き通ったような不思議な明るさがあった。

いつも通り県内全域のお悔やみ欄からだ。と言うより、ほかの紙面には興味がなかった。列挙されたどの市町村にも知った名前はなかった。

いずれ、ここに自分の名が載る。なのに、タロウの名が載ることはないのだ。富子さんは載せて上げたいものだと思った。

「どうしたもんかねえ」と呟いた富子さんは新聞を丁寧に畳み、眼鏡を外して「ねえ、タロウ」と玄関に向かって言った。耳を澄ました後、今度は「タロウ」と大きな声をあげた。

待っていましたと言わんばかりに電話の呼び出し音が返ってきた。富子さんは「はい、はい」と答え、「どっこいしょ」と勢いをつけて立ち上がった。下駄箱の上に置いた電話機が「さっさとしろよ」と言わんばかりに神経質な呼び出し音を出している。

受話器に手を置いた富子さんは玄関の床にこんもりとある毛布の小山を見下ろした。

タロウはぬくぬくとして死んでいるのだ。

少し安堵した富子さんが受話器を耳に当て「もしもし」と言う間もなく「母さん、大丈夫？」と切迫した声が耳に飛び込んだ。

「ああ、心配ないよ。元気だよ」

「良かったぁ。だけど、危ないから外に出ちゃ駄目だからな」

「悟さんが雪掻きしてくれたからねえ」

「そりゃ、よかったね」

ぶっきらぼうに隆幸さんが言った。腹を立てた時の気配だった。叱られたような気分がした。何で怒っているんだろうと富子さんは訝った。そして、まずはともかく謝っておこうと思った。けれど「おれが、ぜんぶ、雪かきするからさ、まかせとけよな」と強く念を押す隆幸さんの声に遮られた。そうか、悟さんに先を越されたから悔しがっているのだ、と気付き、相変わらずだねえとおかしかった。

「無理しなくたっていいよ」と知らん顔をして言い、富子さんは良い息子に育ったものだとほほえんだ。デイサービスに行くと息子が薄情だと嘆く女が多かったし、娘だって似たものだと慰める者も少なくない。

「だけどな、困ったよ。車が出られないんだ。それにさ、大雪で車庫が傾いてね、真理子の車がぺちゃんこだ」

「そりゃ、たいへんだ」

仕事をしている嫁の真理子さんは車で小一時間ほどかかるこの家になかなか来てくれないが、とにもかくにも車の買い替えをするための援助をいくらかでもしないとねえ、とその金額を考える富子さんの目が宙をさまよった。毛布の小山がその目の端をかすめた。「そうだった」と胸の中で呟き、タロウが死んだと隆幸さんに言うか言うまいか迷った。隆幸さんもタロウを可愛がっている。

「母さん、なるべく急いで行くからね」

「ありがとうね。無理しなくていいよ」

「出ちゃ駄目だからね、転んだら大変だ」

「わかったよ」

電話の切れる音がした。「やれ、やれ、せっかちで、こうるさいこと。誰に似たんだろうね」と苦笑したが、実はほっとしていた。

受話器を戻した途端にまた呼び出し音が鳴った。何か言い忘れたのかなと思い、考えてみれば、隆幸はタロウの拾い親なのだからやっぱり言わなきゃならないねえ、と心に決めた富子さんは受話器を耳に当てた。

「トミさん、いたあ。ああ良かった！　朝早くから何度も電話してたんだけど、出なかったからね。そしたら、今度はずうっと話し中だし。もしかしたら、玄関で倒れてるかと思った」

ヘルパーの弓子さんだった。弓子さんの声は甲高くて鼓膜に痛い。

「元気ですよ。朝も食べましたしね」

「朝ごはん食べたんだ。えらいね。そう、とにかく食べることよ」

タロウの鼻先に置かれた白い深皿の牛乳が冷たそうに見え、タロウはもう何も食べられなくなったんだと思った。富子さんは無性に悲しくなった。

「悟さんが雪掻きしてくれたんですよ」

「あら、そう。良いお隣さんがいてくれてよかったね」

話好きの富子さんだったが、今は話をするのが億劫なほど疲れを感じた。電話を切りたいと思った。やみくもにタロウを抱きしめたくなった。若い時に〈好きな人がいるんだからいやよ〉と見合いを勧める両親に言い張って気持ちが落ち着かなかった時と似た感覚だった。〈こんなに良い話をいただいたんだよ〉と叱る母の顔が見えた。口を尖らせて〈だけど、お母さん〉と言ったきり鼻をすすり上げた自分が見えた。切羽詰まってボストンバッグひとつを持ち、息を切らせて飛び乗った夜行列車の窓に見た自分の青ざめた顔が目に浮んだ。

「トミさん、食べるものある？」

「あの、寒いから」と言った富子さんの声に苛立ちがあった。

「ああ、そうか、電話、玄関にあるんだね」

「ありがとね。じゃ、切るよ」

「トミさん、食べる物、足りないでしょ？　何か買っていくからね。何がいい？」

土曜も日曜もヘルパーさんの来る日ではない。それは弓子さんの好意だった。しかし東日本大震災のあとに隆幸さんが非常食を山ほど買ってくれた。そして何よりも今日だけは元気すぎる弓子さんと会いたくなかった。けれど、富子さんは「すいませんね。助かります」と気持ちを鎮めて答え、そっと受話器を置き、「ご好意を拒んだら、ろくなことがないからねえ」と頷いた。

急いで玄関に下りた富子さんはタロウの横にひざまずいた。毛布を持ち上げ、「タロウ」と声をかけ、両手を広げて抱きついた。タロウは冷たかった。垂れた耳を持ち上げて「タロウ」としわがれた声で呼び、「だけどさ、涙が出ないよ。ごめんな」と謝った。

富子さんはタロウの毛並みがガサガサと荒立っていることに気がついた。このところブラッシングをしてやらなかったことを悔い、下駄箱から取り出したブラシで首筋から背中まで柔らかく梳いてやった。ブラシに毛がたくさん残った。「老けたからねえ」と言い、梳かれてさっぱりとしたタロウの頭から尻尾まで手のひらでゆっくりと何度も撫でた。

ブルっと体が震えた。富子さんは硬くて冷たいタイルに座っていることに気がつき、「風邪をひいてしまうよ。隆幸に叱られたくないよ」と首を振り振り寝室にたどり着き、這うようにしてベッドに入った。電気毛布が暖かかった。ゆっくりとまぶたが下りた。やがて、眠っているような、眠っていないような曖昧な時間のなかで富子さんは夢を見た。

子犬の頃のタロウが目いっぱいの勢いで庭を走り回ってから富子さんの脚にじゃれついてくる。体を摺り寄せて富子さんの顔を舐めるタロウの舌の動きと湿り気が感じられる。あの時の夫のふっくらした唇の感触が、愛撫してくれた手のひらの温かさが体中に蘇ってくる。早朝の道をひた走り、夫のアパートに転げ込んでほっとした自分の姿が重なってくる。やがて、夫と共に苦労した日々や幸せだったシーンが、タロウと過ごした温もりにあふれた時間が桜の花びらのように舞い降り、涙ぐんだ富子さんはふいに目を開けた。

そうだ、タロウは玄関のタイルの上で寒がっている。

ベッドを降りた富子さんはよろける体を壁にぶつけながら居間に入り、戸棚からカイロの入った袋を抱えられるだけ抱えたあと、タロウの傍らに戻って膝をつき、揉んで温めたカイロと冷え始めたカイロを入れ替えたタオルの包みを硬くて重いタロウの体の下に並べてしゃがみ込んだ。

タロウはうっすらと目を閉じ、何か夢でも見ているようだった。富子さんはタロウがどんな夢を見ているのかと思い描いた。

虹が七色の光を掛けている。花が咲き乱れる野原が続き、犬や猫たちが蝶やとんぼを追い、雲を追い、緑の大地を走り回って遊んでいる。富子さんはタロウの姿を探した。居た！　草の上にきちんとした姿で座り、遠くを眺めて打ち沈んでいる。「タロウ」と呼んだ。タロウはピクンと耳を立て、頭を上げてあたりを見回した。まぶしそうな目が富子さんを捉えた途端に身を震わせたタロウはまっしぐらに走って来た。そして富子さんの顔といわず手といわず嘗め回して「ワン」と一鳴きし、いつものように富子さんに体を寄せた。「元気になったんだね」と言った自分の声で富子さんはうつつに戻った。

雪を押し潰すタイヤチェーンの音が遠くから聞えてくる。しかし、富子さんの心には、花のいっぱい咲く野原の光景、タロウの狂喜する姿、そしてタロウの命の感触が温かく残っていた。目の前に冷たく横たわっているタロウに声をかけ、手に触れれば目を覚まして「ワン」と鳴き、あの健康で元気なタロウが戻る気がした。

富子さんはタロウの首筋に触った。やはり冷たくて硬かった。「タロウ、おまえ、死んでいることに慣れちゃったのかい？」と頭を撫でたが、「ワン」とも「クウン」とも答えはなかった。「慣れちゃったんだねえ」と呟いた富子さんは毛布を掛けてやり、思いついたようにまためくってタロウの顔をしみじみと見た。

チャイムが鳴った。「トミさん、トミさ～ん」と呼ぶ弓子さんの甲高い声が扉を突き抜けてくる。富子さんの脳裏から元気なタロウが立ち消えた。口元を歪めた富子さんは深いため息をつき、「やれやれ」と言いながら扉を押し開けた。弓子さんが待ちきれずに扉を引いた。富子さんは取っ手を持ったまま、前のめりになった。小太りの弓子さんが「おっとお」と言って富子さんの体を支えた。

「トミさん、大丈夫？」

「寝ていたんだよ」

「そお、眠れた？」と言った弓子さんのデニムは雪まみれだった。

その雪を叩き落としもせず、弓子さんは国道や県道はつっかえつっかえしながらでも何とか走れたけど町の道路は除雪しそうも無いんだとまくし立て、「チェーンがなくちゃダメで、着けるの、旦那に手伝ってもらって大変だったんだ」と笑って「コンビニで買ってきたんだけど」と言いながら白いレジ袋を富子さんの手に置いた。「ほかにも行く所があるからね、元気でいてよ。また電話するから、今度はすぐ出てね」とさとすように言った弓子さんは手を振って門へ走った。

いつもと違ってタロウに声もかけてくれなかった。弓子さんの無神経さに、途方も無い元気さに、言いたい事だけ言って帰ってしまう無遠慮さに腹を立てて富子さんが閉めた玄関の扉は大きな金属音を響かせた。

何もかもが悔しくなった。苛立たしく足を踏み鳴らした。玄関マットにドスンと座った。「ああん、もう」と呻いた。誰にとも無く悪態をついた。

やがて富子さんはとても疲れた。

「ヤレヤレ、情けないねえ」と呟き、膝の上に置いてあったレジ袋を広げてみた。そこには菓子パンとおにぎりが入っていた。

富子さんは毛布の小山を眺め「ほら、おまえの好きなジャムとマーガリンのコッペパンだ」と言って包装を破った。パンの匂いが立ち昇った。富子さんはパンをタロウの鼻先に置いた。しかし、タロウはまぶたを上げなかった。「もう、食べられないんだよね」と呟いた富子さんは泣き出しそうに唇を歪めた。そして引き千切ったパンをクチャクチャと音を立てて噛んだ。ジャムの甘さとマーガリンのしょっぱさが口に広がる。

皆が親切なのだと思った。何とか支えになろうとしてくれていると思った。それはありがたいことなのだと思い、「でもねえ」と呟き、タロウの横顔を見つめた。

あちこちから音や声が届いてくる。死んでいた町はいつの間にか生き返って動き出している。富子さんはしんみりした声で「タロウ、戻っておいでよ。おまえがいないとさあ」と言い、「やれやれ」と恨みがましく首を横に振ってから「どっこいしょ」と立ち上がった。しかし、脚に力が入らずに大きくよろめき、床板の上にひっくり返った。サンダルがひとつ宙を舞った。頭を打ち、背中を打ち、レジ袋に入ったおにぎりやパンが富子さんの薄い尻の下で潰れた。

富子さんは仰向けになったまま灯の点っていない天井を眺めた。体を支えて思わず突いた右手首が痛い。

玄関はどんどん暗くなり、闇ばかりとなり、明かり取りの窓からかすかな雪明かりが染み込んでくる。

この世にぽつんと置き残された気がした。

仰向いたまま「タロウ」と呼んでみたあと、富子さんは「そうか、そうか。大往生したんだ、おまえは」と言った。

瞼の裏に夫が現れた。

「先に逝ってしまったけどね、あんた、ひとりぼっちになった私なんかより幸せだよ」

花の乱れ咲く野原で頭を垂れて待っているタロウが見えた。

「おまえもだよ」

どこからも返ってくる声はなく、どこにも命の気配が感じられず、もの淋しいうすら寒さが富子さんに押し寄せてくる。

たまらずに痛くない左手で身をずらし、富子さんは上がりかまちの段差を使って起き上がった。

そして、大きな声で言った。

「寂しいよねえ。あぁ〜あ、切ないねえ」

慰めにもならなかった。荒涼とした寂しさがなお一層胸を締め付けた。寒さまでが増してきた。

富子さんはタロウの所まで這うようにして行って毛布に左手を差し込んだ。カイロは豊かなぬくもりを保っていた。「今晩も冷えるんだろうね」と言ってタイルの上にひざまずき、「おまえがあそこで待っているし、あんただって、」とあとは聞き取れない声で言葉を続け、大きなため息をひとつ吐いた。

足元から寒さが滲み上がる。体の芯まで凍えてきた。

「それがいいねえ。生きている甲斐もないし」と呟いた富子さんは毛布の端に座ってタロウに体を預け、膝を抱えて丸くなったあと、「隆幸、ごめんよ、世話に、なったね」と言って頭を下げた。

富子さんの息の音が少しずつ細くなり、やがて雪の夜の静寂の中に包まれていった。


取っ手が回って扉が開いた。眩し過ぎる光がなだれ込んできた。その光を横から浴び、タイルの上に丸くなって座っている富子さんの姿は小さな仏様のようだった。

玄関先の人影が一瞬立ちすくんだあと、「母さん！」と言って飛び込んできた。蹴飛ばされた深皿からこぼれ散った牛乳が黒いタイルの上にまだら模様を描いた。「こんなところに何で！」と叫ぶ隆幸さんが富子さんの肩をつかみ、烈しく揺さぶった。「何しているんだよぉ」と言いながら富子さんの頬を叩く音が玄関に飛びはねた。富子さんの耳もとで涙交じりの声が「起きろよ。頼むから目を覚ましてくれよ」と叫んだ。

富子さんの瞼がゆるゆると上がった。焦点の定まらない目が隆幸さんの顔の上をさまよった。そして、富子さんは開け放たれた扉の先の真っ白に輝く朝の世界を眺めやり、玄関の中を見回し、身を預けている毛布の小山に釘付けになった。

「あれえ、まだ、この世にいた」

「ばか、訳分かんないこと、言うんじゃないよ」

富子さんの肩をきつくつかんでいた隆幸さんの手が緩んだ。そして安堵の吐息が洩れた。目を真っ赤にして立ち上がった隆幸さんが毛布の小山にひざまずき、ためらったあと一気に毛布をめくり上げた。そして「死んだんか、タロウ」と呻くように言った。

富子さんはぼんやりした目でその様子を眺めていたが、「神様、あんた、あたしにまだ生きていろ、って言うんだね」と姿を見せない神様に向かって歪んだ嗤いを投げかけ、「むごいお方だねえ」と罵り、あとはブツブツとひとり言を呟いた。そして、何度も首を横に振ったあと、「そうかい、分かったよ。生きてりゃいいんだろ」と頷いたとたん、堰を切ったように嗚咽しはじめ、富子さんの目から湧きだした涙があっという間に大きな粒になった。

通夜

喪服に着替えて会社のビルを出ると、七月半ばの太陽がまぶしかった。しかし、思いのほか心地よい風があった。少し遠回りになるが上野公園を歩くことにした。

午後三時を過ぎた不忍池は蓮の葉に埋め尽くされている。緑一色の水面に薄桃色の蓮の花が長い首を持ち上げている。その上を吹き抜けてくる風が一段と涼しい。ホームレスと思しき男がベンチに座ってぼんやりしている。重そうなカメラを構える人がいる。女と手をつなぎ、きらめく声で語り合いながら若い男が通り過ぎる。その幸せそうな未来が今日の私には小憎らしい。

六年ほど前のことだった。

大阪本社へ出張する途中なんだと谷口に呼び出された。池の端のベンチに並んで座り、車の爆音や街のざわめきを遠く聞きながら、私たちはゆったりと開いた蓮の花を眺めていた。

「なあ」と谷口が言った。そして「蓮の花言葉って、知ってるか」と続けた。

「花言葉なんぞ知るものか」

「そうだな」

池を見詰める谷口の目が物足りない気持ちを露わにしている。間をおいて私は答えてやった。

「泥水に根を張って、きれいな花を咲かせてる」

谷口のため息が聞えた。私はむきになって言った。

「だからさ、清純とか」

「そのあたりが普通だね」

私は口を尖らせた。「ぶすっ」と音が洩れたかもしれないが、思わず口走っていた。

「そうそう、お釈迦様って、蓮の葉に座っているんだ」

振り向いた谷口が嬉しそうに頷いた。

「そうか、なら、神聖ってことか?」

指先でメガネを押し上げた谷口が私を見つめてから言った。

「雄弁っていうのもある」

「雄弁? どこが、どこからそうなる?」

「離れゆく愛っていうのもある」

「離れゆく愛? なんだそれは」

「なんでだろうな」

私は押し黙った。そして待った。谷口にはどうしても語りたいことがあるはずだと感じ取ったからだ。

芳子が不倫してずいぶん前からギクシャクしてなあと告白し、離婚したいと言い張る芳子を宥めすかしていると谷口が語ったのは、八年前、彼が東京の子会社に転籍されて私と頻繁に会うようになってからだった。

「蓮はおれの誕生花なんだ」

「へえ。おまえが雄弁?」と私は声を立てて笑った。谷口も笑い、「忙しい朝から、悪かったな」と言って立ち上がった。

相変わらずはっきりしない奴だ、言いたいことがあったはずだろうに、と思って引き止めようとすると、「じゃあな。ありがとう」と言って谷口は駅へ向かった。

大阪から帰って来た夜にまた呼び出された。話すには酒が必要だったようだ。そこで初めて会社の同僚である奈央子という女を愛してしまったと聞かされた。私は絶句した。苦しげな顔を時おり見せるが、いつにない谷口の冗舌が、そして漏れてしまう笑みが「良かったんじゃないか」と私に言わせていた。

それからは会うたびに奈央子の話を聞く羽目になった。「奈央子ってな、いつだって微かに笑みを含んでいる温かい目なんだ」と口癖のように言い、彼女と過ごした時間を愉しそうに、それこそ雄弁に語り、時にはままならぬ愛の行方を苦しげに、また辛そうに話した。私は蓮の花言葉を思い出しながら谷口の話を聞いていてきた。

帰宅ラッシュにはまだ時間があったが、上野駅の巨大なホールは人で込み合っていた。無数の声が天井に跳ね返され、それが音となって頭の上で渦巻いている。いつでも異界に踏み込んでいる気分にさせられる。

改札を入ると、その昔、北国から上京した者たちで溢れ返ったホームが正面に並んでいる。私は左端の十三番線ホームへ足を向けた。

夜行列車を待つための「五つ星広場」があった。ベンチの並ぶ小さすぎる広場はチェーンで素っ気無く囲まれている。その前に小さな旅行バッグを両手に提げた喪服姿の女がいた。

私は彼女の前で立ち止まった。振り返った彼女の目が濡れて光っている。私は「はじめまして。栗原です」と声を押し殺して名乗った。

「はじめまして。私、鈴木奈央子です」

「待ちました？」

「いえ。無理を申し上げました」と言ってから奈央子は深く身を折った。

妻子のある男と別れようとしない妻芳子を許し、あろうことか、その男と会うことを自由にさせたまま谷口は離婚しなかった。公園の池で溺れて一人娘の佳那ちゃんが五歳で亡くなった時から、妻に向ける谷口の心配りは尋常ではなかった。その優しさが心の行き違いを生み、自責を繰り返していた芳子は心を壊した。彼女の不倫もその延長線上にあったようだ。相手の男も一昨年の暮れに病死したと聞いている。

「芳子ちゃんとはさ、もうだめなんだろ？　離婚すればいいじゃないか。芳子ちゃんもそれを望んでいるんだし」と言って私は幾度となく谷口の背を押した。どう見ても、誰が見ても、谷口にとっても、芳子にとってもその方が幸せだ。しかし、奈央子に出会う前には「おれが追いつめたみたいだし、あの男といる方がおれよりも心が休まるみたいだしな」と意味不明な理由を口にし、奈央子と出会ってからは「今になってそれはなあ。奈央子が望んでいるわけでもないし」と苦笑いにごまかした。

転勤してきた谷口に惹かれた奈央子が、離婚したものの夫のＤＶで傷んだ心を抱えていたことは聞いていた。奈央子の心を谷口が受け止め、包み込んで癒やしていたことは、谷口の人となりから容易に想像できた。そして、谷口も奈央子にのめりこみ、妻との間で起こるストレスに疲れ果てた心を解きほぐしていた。

誰に気を使い、誰のために芳子との離婚を拒み、奈央子と再婚しないのかと問いただしたが、はかばかしい返答は無かった。病弱な母を抱えていたし、会社では微妙な立ち位置に居たから、スキャンダラスなことが出来なかったのかと推測はしても、その優柔不断さに嫌気がさしてしまった私は谷口と会うことを避けた時期があった。しかし、三人の行く末が気に掛かってしまい、それは長続きしなかった。

口ごもるように奈央子が言った。

「栗原さんのことは、よくお聞きしました」

「冷たくて悪い奴だと言っていたでしょう？」

「若い時から仲が良かったと」

「あいつってね、疲れる男だったんですよ」

奈央子は顔を曇らせ、何か言いたげだったが、その言葉は喉の奥に呑み込んだようだ。

「私、こんなことをしてもいいのかな、お願いしたらご迷惑かなと思っていたのですが、ありがとうございます」と言い、奈央子はまた深々と頭を下げた。声は沈んでいたがはっきりしていた。

「いや、そんなことはありません。私も、ご一緒したいと思っていました」

奈央子に促されるままに、私は停車していた高崎行きのグリーン車に乗った。そして遠慮する奈央子を窓側の席に座らせた。

確か四十六歳になったはずだ。聞いていたように芯の強い、わきまえを心得た女だと思った。谷口との結婚を彼女が望まなかったわけではなく、妻芳子と離婚して奈央子と再婚したいと揺れ動いていたはずの谷口の気持ち、会社での彼の立場を配慮した末に遠慮してきたのだろう。芳子も思い込んだら曲げない女であり、この二人の女には苦労しただろうと私は胸の内で苦笑していた。

発車しても乗客はまばらだった。奈央子は無言のまま窓に寄りかかり、遠い目をして流れてゆく都内の景色を眺めている。

赤羽を過ぎて荒川の橋を渡る時、大宮で停車した時、奈央子はまぶたの端を指で抑えた。〈次は鴻巣（こうのす）に停車します〉という文字が電光掲示板に流れると、彼女の目から涙があふれ落ちた。この一年ほど、毎週末この列車に乗り、谷口が入院している病院に行ったのだと確信し、その愛が並々ならないものだったと改めて知った。妻に気兼ねしていた谷口は病院で奈央子とは一度も逢っていないはずだ。分を心得ており、わきまえもある彼女の人となりから推測すれば、奈央子は窓の下から、あるいは外来受付の椅子や病棟の面談室の隅で、谷口の存在を静かに感じ、心の中で語りかけていたに違いない。

検査入院し、まもなく余命を知った谷口は、いかにも彼らしい思い遣りと言えるのだが、「考えに考えた末、これがあなたのためだと思い」と断り書きを入れてメールで奈央子に別れを伝えたという。それを知って「バカが!」と私が言い放ったからかもしれない。谷口はその後もメールで奈央子とやり取りを繰り返していた。奈央子のメールが心の支えだったことは本人から聞かされた。しかし、一時ではあったが、危険な状態に陥った頃から、いつも枕元にあった携帯電話はついぞ見ることが無くなった。「メールもしない、電話もしない、逢いもしない。おまえ、冷たいぞ」と私はなじった。谷口は苦しげに顔を歪めたあと、変な笑い顔を作って窓の外に浮かんでいる雲を眺めるだけだった。

奈央子に聞きたいことはいくらでもあったが、話らしい話もできないまま小一時間ほどで熊谷駅に到着してしまった。

ホームには女子高校生の賑やかな声が響いていた。私たちは下車した乗客たちをやり過ごし、最後に階段を上った。

行き先を告げられたタクシーは込み合う狭いロータリーを回り込み、駅前の道を真っ直ぐに進んだ。奈央子は固く押し黙ったままだ。

「大丈夫ですよ。手はず通りにやれば、心配はいらないから」

彼女は頷いただけだった。

タクシーは中山道の旧道に出た。熊谷宿の風情をまばらに残す商家が背後に流れてゆく。狭い車内空間で運転手も私もそして奈央子も蝋人形のようだった。

私たちを斎場の玄関先に降ろしたタクシーはタイヤを軋めかせて走り去った。

まだ夕闇の気配すら降りていない駐車場に車は少なかった。水を張った田を挟んで新しい住宅が建ち、西風を防ぐ農家の高い垣根があちこちに見える。何度も来ていたが、谷口の生まれ育った故郷はこんなにうら寂しい所だったかと改めて気がついた。

奈央子が正面玄関に立ちすくんでいた。その目の前に墨色も鮮やかに印刷された〈谷口孝史様通夜式・告別式　会場〉の文字があった。私は谷口の名に触れた手で「さあ、行きましょうか」と言って彼女の背のあたりの空気を押した。彼女は「はい」と言い、強張った顔をしたまま足を踏み出した。

自動ドアを抜けると、黒い服の群れの中から抜け出た人影が私たちに近づいてきた。藤井だった。

谷口と同じ高校にいて、卒業後はそのまま家業の造り酒屋に入り、谷口と大学で同級生になった私と遊び仲間、飲み仲間になった男だ。

「早かったな」

「ああ」

「その人は？」

私は慌てて奈央子を見た。彼女は間髪を置かずに「この度はご愁傷様でした」と折り目正しく頭を下げた。藤井は「ああ、ええ、遠いところまでありがとうございます」とできの悪いロボットみたいに首だけを折った。

相変わらずだなと私は苦笑した。藤井は〈この人は誰なんだ〉と問う目を私に向けた。私は無視した。まあいいか、とでも言いたげに肩をすくめた藤井は「こちらへ」と奈央子に言い、背を向けて歩き出した。どうやら弔問客の案内を買って出ているらしい。

藤井が大きな扉を押し開けると、突き当たりに生花の立ち並ぶ葬祭壇が明々と、けれども静かにあった。その前に棺が安置され、メガネの奥で目尻を下げた谷口の遺影が困ったように私たちを迎えた。

葬祭壇の前に並べ置かれた親族の座る椅子に和服姿をした妻の芳子がいた。私を認めて立ち上がり、楚々とした足取りで近づき、「遠いところをありがとうございます」と頭を下げた。「ご愁傷様でした」と私が言うと、奈央子の上ずった声がそこに重なった。奈央子に短く視線を差し込んだ芳子は何も問わず、「会ってやってください」と私に言ってから棺の前へ進み、両手で覗き窓を開けた。

私は振り返って奈央子を見た。彼女は一歩身を引き、手を重ねてうつむいたままだ。その様子は過去の時間を泳いでいる黒い魚のようだった。私はひとりで棺に近づいた。

谷口の頬は赤みを帯び、柔らかく目を閉じていた。見舞った時にはやせ細っていたが、今はふっくらとした顔が浅い眠りの中にいるようだった。

〈ばかやろうが、何もかも、誰も、彼も、中途半端にして逝きやがって〉という言葉が私の心の中で弾け、棺の端をつかむ指が柔らかな桐の板に食い込んだ。

私は後退りして奈央子を手招いた。彼女は遺影に向かって顔を上げていたが、地に根を張った樹木のように動かなかった。

「鈴木さん、こちらへ」と声をかけると、芳子が「どちらさまですか？」と私に訊ねた。

「谷口が東京にいた時の部下です。課を代表してということなので、一緒に来ました」

傍らにいて様子をうかがっていた藤井は合点がいったとばかり頷いた。確かに部下ではあったが、奈央子は課を代表して弔問に来たわけではない。すでに過去の人となった転勤者に課からの弔問は無いと奈央子はメールしてきた。

芳子が「生前は、会社の皆様方に、お世話になりました」と頭を下げた。奈央子は「いえ、私たちのほうが」とかすれた声で言い、「鈴木奈央子と申します」と名乗る言葉が口の中に消えた。「どうぞ、会ってやってください」と言われた奈央子は「はい」と小さな声で答え、浅く一礼してからハンカチで口元を押さえ、一歩また一歩と棺に身を寄せた。

中を覗いた奈央子の目が萎んだまま固まった。それは短いが長い時間に感じられた。ふと思い出したように手を合わせ、瞼を閉じて頭を垂れたあと、奈央子は棺を見つめたまま二歩、三歩と離れた。そして、芳子の前で「ご愁傷様でございました」と頭を下げた。

「谷口も喜んでいるでしょう」

「残念なことでした」

二人の眼差しが初めて交差した。

奈央子の存在を芳子は知らないと谷口から聞いていたが、そこには私の背筋をひんやりと撫でる気配があった。たまらなくなった私は「しかたないですよ。そう思うしかありません」と言った。

「しかたがない、ですね。散々、聞かされてきました。なんでも、そうなんですね」

芳子の口調が低く暗く響いた。

一人娘の佳那ちゃんを自分の不注意で喪った過去を、そして谷口と離婚を巡る諍いを繰り返した十数年を思い出させてしまったようだと私は悔いた。同時にその言葉が奈央子を傷つけたに違いないと悔いた。

棺を睨みつけ、胸の中で〈はっきりさせなかったおまえが悪いんだ。芳子ちゃんとお互いの不倫をなじりあって喧嘩別れしていたほうが、芳子ちゃんにも、奈央子さんにもよほど優しかった。男らしかった〉と言い募って遺影を見上げた。しかし、いかにも谷口らしい困ったような曖昧な笑顔にはぐらかされた。

芳子に促された藤井が私たちを控え室に案内してくれた。そこには親戚縁者や谷口の親しい友人たちがいた。押し殺した雰囲気に満ち、低く小さな話し声が聞えた。久しぶりに顔を合わせる私はあいさつに回った。

谷口の母の前で長話をした。

「先に逝くだなんて、親不孝者。ねえ、そうでしょう?」

息子の悪友である私たちを泊まらせ、笑みをたたえて世話をしてくれたあの姿は乾き切って小さくなり、涙を流して静かに泣くばかりで、私は何度も言葉に詰まった。

やがて、訳あって父を知らない谷口がどれほど母思いであったかを縷々語り、病床にある谷口の日々の話に移り、芳子が息子の事も病弱な自分の事もかいがいしく世話をしてくれたと言葉を尽くしてその様子を語り、世間様に誇れる良い嫁をもらえ、息子も幸せだったとほほ笑んだ。

谷口の母は息子夫婦に起こっていた裏の出来事を何も知らなかった。谷口らしい思い遣りだったのだが、芳子も良い妻をそして良い嫁を演じてきたようだ。そんなことが出来るものなのか、そしてやり通したのかと呆然とし、身が縮んでしまうような冷気を感じた。

奈央子は藤井に案内されて椅子に座り、茶碗を目の前にして顔を伏せていた。また物思いの海に沈んでいるのだろう。そんな奈央子の様子を目の端に見ながら谷口の母に慰めの言葉を重ね、ようやく解放された私は「だいじょうぶですか」と案じながら奈央子の横に座った。

「なんとか。でも、私の居る場所が無いような気がして」と言った奈央子の声は重かった。

「私って、来なかった方が良かったかもしれない」

「来なくても、いや、来なかったら、もっと辛かったでしょう?」

奈央子は「うっ」と声を洩らし、そのうめき声を手のひらで覆った。

「悔いは残さない方がいい。いや、やっぱり残るんだけど、残さないように、頑張ったほうがいい」

奈央子は「はい」と頷いたが涙がこみ上げてきたようだった。

「通夜の席だよ。泣けばいい。誰も変には思わない」

私のひと言で押し殺した泣き声が溢れ出た。

部屋の中が静かになった。腕時計を見る者、立ち上がって出て行く者、茶碗を手にしてぼんやりしている者など、みなてんでに通夜式の始まりを待っていた。

私は谷口と過ごした数十年を思い出していた。奈央子は谷口と共に過ごした記憶を反芻しているのだろう。時折、苦しげなため息が洩れた。

通夜式には平日の葬儀には出られない人たちがたくさん訪れた。低くてゆったりした読経の声が響くなか、会社関係の男たちの焼香は礼儀正しく、しかし無感情なまま進んで行った。義理を果たした証拠を残すためか、せわしく駆け込んできて焼香台の前に立つ喪章だけをつけた背広姿が幾つかあった。喪主である芳子は鷹揚に構えてどんな焼香者にも丁寧なお辞儀を繰り返していたが、読経が呟くようになった頃でもなお、谷口の母は涙を拭い、傍らに立つ白髪の男に支えられて何とか立っていた。

最後に焼香をした私たちが部屋を出ると、葬祭場の社員がさっきとは別の部屋に案内した。親戚縁者や親しい者が共にテーブルにつくと、そこには折り詰め弁当と有り余るほどの飲み物が用意されていた。

折り詰めのふたを取ると、通夜の弁当とは思えないような料理が詰めてあった。箸袋には谷口が結婚式を挙げ、私が司会をした老舗ホテルの名があった。芳子が手配したのだろう。良き妻を演じ切っている芳子に舌を巻き、それは誰のために、誰に向けてかと思った。そして、谷口はいかにも谷口らしく、そしられないよう、けなされないよう、周囲と折り合いをつけながら生きてきた男だったと思った。

なんでそんな窮屈な生き方するんだと聞いたことがあったが、谷口は「母一人、子一人、色々あって、狭い田舎で生きてきたからな」と曖昧に笑い、そのまま口を濁した。

「五十二歳か。人の命なんか、わけないものだな」

私の隣に座った藤井が喉を鳴らしてコップ酒を飲んだ。谷口と三人で重ねた若い頃の酒豪伝説が思い出された。

「仕事、仕事でさ、会社に殺されたようなもんだ」

「はい、いつも忙しい方でした」

奈央子はひっそりと言い、顔をよじって涙を隠した。

奈央子は谷口の体の様子が変だと何度も言ったようだ。「病院でちゃんと診てもらってねって泣きつかれたんだ。奈央子にね。そう、奈央子だから」と谷口は嬉しそうに笑った。谷口が病院に行ったのはそれから半年ほどしてからだった。骨髄腫だった。余命十か月だった。早くに受診していても五年、十年永らえるのがやっとだという難病だった。それでも入院して抗癌剤投与と透析治療を続けた。脳内出血を起こして意識不明になったものの谷口は蘇った。そして、余命を二か月越え、誕生日を迎えた後に力尽きた。

「バブル崩壊。こいつが悪かった」と藤井が私の盃に冷酒を注ぎながら言った。私は「谷口の会社もおかしくなったしな。買収の話が浮かんでは消えて」と応じた。

「技術屋のアイツが損害保険の子会社に飛ばされて保険営業だってさ。七、八年前だったっけ。東京に転勤させられた時、これで終わったって言ってたな」

「でも、かえって、良かったんじゃないか。よく勉強する奴だったし、保険取り扱い責任者の資格も取ったし」

〈そして、奈央子と出会えたし〉と私は胸の奥でひそかに声を強めた。奈央子は膝の上に手を置き、私たちの話に耳を傾けている。

「いつの間にか東京に住んでいたんだよな。新幹線通勤より金がかからないからだってさ。会社の方針だってさ。それ、本当かな？」

藤井が奈央子を見た。奈央子は目を伏せて身をずらし、私の体の陰に半身を隠した。

「なあ、藤井、谷口は出世していたんだ。いずれ、東京支社長になるとおれは見ていた」

「なら、付き合いも忙しかっただろう。それでかな、ばあさんを芳子ちゃんに任せて東京に住むようになったのは？」

「会社の方針だったんだろ」

「ちょうどいい塩梅だよな、それで谷口を独占しやがった」

ピクっと空気が振動した。奈央子が身を縮めたようだ。

「好きな時にアイツと飲めてた」

「おれ？」

「おまえだよ、おまえのことだよ」と藤井は悔しそうに笑い、「アイツと飲むとさ、なんか、こう、ほっとできるんだよな。なんでだろう？」と言った。

「おれと違うからだよ」

「そうか。確かに」

笑って何度も頷いた後、藤井は身をよじって奈央子に言った。

「あんたも、アイツと飲んだこと、ある？」

「はあ」と言ったきり奈央子は困った顔をした。そして、冷酒の小壜を取って私の盃に酒を注いだ。すると、藤井が私の目の前に腕を伸ばして奈央子に酌を求めた。

藤井が疑いを持っていることは確かだった。女好きだからだろうか、藤井はそういうことに鋭い感覚を持っている。谷口が転勤してから藤井の嗅覚が探り当てたのは夫婦で隠し通していた芳子の不倫だった。藤井から電話でそれを聞き、谷口が奈央子と愛を交わしていることなども思い、何もかも嗅ぎ付けて曝け出してしまいそうな藤井の執拗さを警戒した私は「芳子ちゃんのこと、もう探るな、いいな」と叱り付けるように釘を刺した。

身をかしげた奈央子は「さあ、どうぞ」と言って藤井のグラスに酒を注ぎ、打って変わったように毅然として言った。

「ご一緒したことはあります」

「あのやろう！」

藤井が悔しげに言った。奈央子がふっと笑みを浮かべ、今度はゆとりのある様子で続けた。

「心配りのできる上司でしたから」

「なら、もしかして」

「部下の男性たちに好かれる人でした」

「へ？」と言って固まった藤井の様子に私は思わず笑ってしまった。しかし、肩透かしを食らったくらいでめげる藤井ではない。

「ええっと、鈴木奈央子さん、アイツは、あんたにも好かれていた？」

相変わらず藤井は女の名前覚えが良かった。

「尊敬していました」

奈央子は冷ややかに言い切った。

藤井がつまらなそうな顔をして酒を舐め、「嫌な病気になったものだな。治療方法が無いだなんて」と吐き棄てるように言った。そして、たくわんを一切れ箸でつまみ、口の中に入れた。私の耳に、たぶん奈央子の耳にも、自分たちが生きていることを思わされる遠慮のない音が響いた。

「馬鹿がつくほど真面目な奴だった。変わらなかったのかな、東京でも？」

藤井はまた奈央子に絡んできた。私は安心して奈央子の答えを待つことができた。

「はい、仕事一途で」

奈央子が空になった藤井のグラスになみなみと酒を注いだ。

「飲み屋の女とかさ、いなかった?」と藤井は私に矛先を向けた。藤井の問いを無視して私は盃を傾けた。

「いたんだ?」

「いないよ。いるわけないだろ」

私は即座に言い返した。〈なんだよ、怒ることなんか無いだろう〉とでも言いたげにそっぽを向いた藤井は酒を煽り飲んだ。

「ほれ、あの奥方様はさ、あんなだったのに」

「やめろよ」

「あれから、子供も作れずに、それでいて、何もかも許しちゃって、あの奥方様一筋だってさ。アイツって、いったい何を楽しみにして生きていたんだか」

奈央子はあからさまに顔を背けた。初めて見た彼女の怒りだった。

騒がしい居酒屋で飲んでいる時のように藤井の声が高かった。後ろのテーブルにいた芳子が振り向き、藤井の背に鋭い眼差しを突き刺した。〈少しは場をわきまえろよ〉と怒鳴って藤井の頬を張ってやりたかった。とはいえ、こんなあけすけな藤井だからこそ、煮え切らない谷口にとっては良い仲間だったのだろう。

「まあ、平穏無事っていえばそれまでだけど」と言った藤井が自分の言葉に頷いた。その時、後ろに立った芳子が私と藤井の間から冷酒の瓶を突き出した。

「さ、藤井さん、あしたもまたお世話になりますしね」

振り返りかけた藤井は慌ててグラスの酒を飲み干した。そして、「はい、はい。何でも言い付けてください」と言いながら笑みにならない笑みを浮かべた。「平穏無事に生きた主人のために」と応じた芳子はグラスから盛り上がらんばかりに酒を注いだ。藤井は口をおちょぼにして急いでグラスまで突き出した。

芳子はにこやかに笑ってみせた。

この笑顔は芳子独特のもので、シチュエーションによって天女の笑みにも鬼女の笑みにも見えた。今の私は背筋が凍り付いた。藤井も「アイツのためですから」と硬直した笑みを返していた。

芳子が奈央子の後ろに立ってまたにこやかに言った。

「明日までいてくださるんでしょう？　栗原さんから伺いました。ですから、少し食べておいたほうが」

奈央子の箸は箸袋に入ったままだ。芳子のこの笑顔のことは谷口から聞いていたのだろう。奈央子は能面のようなあいまいな表情の中に警戒心を隠していた。

「食べないともちませんから」とさらに勧める芳子に、奈央子は「はい」と答えたが、茶を一口飲んだだけだった。

「藤井さんも召し上がってくださいね。ここのお料理はおいしいですから」

芳子がまたあの笑みを浮かべて言った。藤井は「はい、はい」と言って箸を取った。

やがて、語り合う声がシャボン玉のように弾けて絡まりあう。笑い顔があちこちに光り始める。そして、死者を悼む静かな夜というより、親戚や縁者たちの宴会のようになってきた。

谷口が棺の中に眠っている。その隣の部屋で飯を食い、酒を飲み、勝手なことをしゃべっている。罪なことをしているなあという思いが膨らんできて私は滅入った。

芳子はテーブルの間を独楽鼠のように動いていた。ビール、ウーロン茶、さらには冷酒の瓶まで持ち、腰をかがめて話しかけながら親戚の老人たちに酌をしている。谷口の母が喜び、また称えている妻としてのかいがいしい姿だった。

「いい奥さんだよ。谷口の奴、大当たりだ」

壁際のテーブルに一段高く置かれた遺影に向けてグラスを捧げ、藤井がまた大声を張り上げた。その口調には芳子へ放つ鋭い針が含まれていた。私はいたたまれなくなり、奈央子を誘って部屋を出た。私たちを猥雑にからかう藤井の言葉が耳を掠めた。

満月が駐車場を蒼く照らしていた。不覚にも滲んできた涙に丸い月が鋭く棘立ち、敏感になっている心の襞を刺した。傍らに立つ奈央子に「大変な思いをさせました」と謝った。「私、大丈夫です」

と言った奈央子の目にも涙があり、やはり満月の光が棘となって刺さっているのだろうと思った。

駐車場に人が出てきた。お開きになったようだ。エンジンの重い音、軽い音があちこちで響いた。それを突き破るような藤井の声がした。

「お二人さん、ここに泊まってくれるんだって。じゃ、明日な」

彼はにやけた笑みを浮かべて手を上げ、ぐらりと上体を揺らしたあと、ワゴン車の助手席に乗り込んだ。

私たちは建物の中に戻った。

玄関は真静かだった。照明は絞られて薄暗くなっていた。人の姿の無い受付カウンターにダウンライトの光が束となって落ち、くっきりした明暗を生んでいた。その光をたどって天井を見上げると、薄暗い隅の方から、葬送された人々の魂の残滓が漂い出ている気がした。

葬斎場の天井灯も鈍い電球色だけをこぼしていた。その奥で蛍光灯の光に白く染まった葬祭壇が浮かび上がっている。それを純白の菊が埋め尽くしている。

そこには凛と澄んだ気配があり、それでいて心が寒くなるくらい冷ややかであった。

奈央子と一緒に近寄ると菊の葉の匂いが漂ってきた。その青臭さに私ははっとできた。

橙と金色に彩られた導師の座る高椅子に芳子が座っていた。彼女はまっすぐ遺影を見上げている。

「芳子さん、少し休んでください」

彼女が振り向いた。涙は無い。奈央子が静かに、しかし懇願するように言った。

「奥様には、明日のお勤めもあります。灯明の火は私たちが守りますから」

「そうしてもらおうかしら」と言って立ち上がった芳子が椅子の背に手をついたまま言った。

「控え室にお布団が敷いてありますから、順番に休んでください」

奈央子が深々と頭を下げると、芳子はまた遺影を見上げた。

「優しすぎました」

芳子は一瞬あの笑みを浮かべた。

「私が佳那を死なせてしまった。でも、責めなかった。全然。少しも」

「そういう奴ですから」

「口で、言葉で、はっきり責められたほうが楽だった」

佳那ちゃんの葬式を終え、煙突から上がって行く薄い煙を私と一緒に見上げながら、谷口は「誰が悪いわけじゃない、池で溺死したのは佳那の運命だった」と薄く笑い、みるみるうちにその顔を覆った冷ややかな無表情が私の脳裏によみがえった。

芳子の目は遺影を睨みつけている。

「あの方と、おつきあいしていた時もです。何を考えているのかしらと思うくらい」

私は何も言えなかった。しかし、〈悪いのは谷口だ、芳子さん、あなたじゃない〉と心の中で呟いていた。

　芳子は遺影から目を切り、「私が悪いんだから、追い出してくれればよかったのに」と言い、奈央子をまっすぐに見た。

「奈央子さん、みんな、主人をできた人だって褒めていたけれど、ほんとうはね、氷みたいに冷たい人」

　芳子はため息をついた。そして言葉をつないだ。

「谷口が私に言った優しい言葉にはね、いつだって氷みたいな青白い棘が潜んでいるの。御身が大切。世間体が最優先。奈央子さん、知っているでしょ？」

　奈央子は首を横に振った。何か言いたそうだったが一言も口にしなかった。

「死んでゆくぼくにかまうな、きみは幸せになれって、あなた、棄てられたんでしょう」

　奈央子は悲しそうに眉をしかめた。

「それが、谷口よ。ばかみたい。女の気持ち、全然、分かってない」

　芳子は奈央子に近寄った。奈央子は秘かに身構えたようだった。

「メール、読ませてもらった」

「えっ？」と声を上げたのは私だった。奈央子はうっすらと笑みを見せただけだ。読まれていると気づいていたのだ。私は芳子を見た。芳子も似たような笑みを見せている。

そうか、そうだったのかと納得した。芳子が携帯電話を谷口から奪ったのだ。もしかしたら、谷口に成りすまして奈央子とメールを交換していたのかもしれない。

私は息ができなくなったまま、薄氷を踏む思いで二人の様子を窺っていた。

空気が緩んだ。

「人の気持ちなんて、これっぽっちも分かっていない人なの、あの谷口は。だからなのね、谷口の優しさって、カミソリで切られたみたいに痛いの」

奈央子は小首を振り、憐れみを滲ませた目で芳子を見つめた。

「好きな人の葬儀に、私は入れてもらえなかったの」と言った芳子が奈央子を睨んだ。奈央子は無言のままだったが、ゆとりのある表情を見せ始めていた。

「奈央子さん、あなたって、見舞いに来ていたんでしょう。でも逢わなかった。たいした方ね。私はね、あの方のそばにいられた。和夫さんとたくさん話し、手を握り合っていた」

芳子は遠い目をしたがふいに顔を曇らせた。

「そうじゃない。違うわ。私たちって、人目を盗んでもそうしたの。一緒に居たの。居たかったから」

芳子は背筋を伸ばして奈央子を見下すように言った。

「看病したかったでしょ?」

奈央子の目に涙があふれた。

「でも、あなたはしなかった。谷口と同類、お優しいのね。それって、もしかして、私にかしら」

最後の言葉には芳子のあの独特の笑みと同じような気配があった。

「愛していたんでしょう？」

こぼれ落ちる涙をそのままにして唇を噛んだ奈央子は「はい」と言い切った。「あらまあ、どこまでもずうずうしいこと」と言い、「ふっ」と笑った芳子の目がまた遠くなった。

私は心の底から震え上がり、奈央子をつなぐケイタイメールというたった一本の糸を断たれ、カウントダウンの声を聞きながら芳子の看病を受けていた谷口の心中を思った。

何もかもそのままにしてきた自業自得とは言え、さすがに哀れに思えてきた私は芳子を睨みつけた。

芳子は胸の中が空っぽになるくらい長いため息をついてから言った。

「私ね、奈央子さん、あなたの気持ち、手に取るように、痛いほどにね、良く分かるの」

「私もです」

「だって、私たちって、同類だもの」

「はい」

「めぐり会いたい人に、出会うのが、遅すぎた」

「遅すぎました。もっと若いときだったら、結婚していなかったら」

「そうね」

芳子は表情を消した。それは心を病み、荒んでいた時に見たことがある表情だった。迷子になったような不安を抱えた疲れ果てた顔だった。

「奈央子さん、谷口をあなたにあげる」

「えっ？」

「遺骨よ。あなたにあげる。持って行っていい」

「遺骨」と言った奈央子の顔が翳った。

「あなたと一緒に居たかった。暮らしたかった。それが谷口の本心でしょ？」

それは奈央子の本心でもあったはずだ。

「骨壺の中身が減ったくらいで、そんなこと、分かりっこない」

芳子はまず私の目を捉え、そして奈央子へ視線を転じて「そうでしょう？」と同意を求めた。

奈央子は押し黙っている。

私はすぐに言った。

「それがいい。奥さんが許してくれるんだから」

奈央子は口を真一文字にしたままだった。

「でも、約束して欲しいことがあるの」

そう言った芳子の口から次の言葉はなかなか出てこなかった。帯で押し潰した彼女の胸がゆっくりした呼吸を繰り返している。

「あの方、和夫さんのいるお墓」

芳子はまた言いよどんだ。

「矢野家のお墓から、和夫さんのお骨を盗んで欲しい」

氷の箒が私の背筋を一気に掃き下ろした。蒼ざめた顔の中で奈央子の瞳が光を強めてゆく。

「ひとりだと、お墓の石が動かせないの」

奈央子の目に同志をいたわる気配が生まれた。

「分かりました。お手伝いします」

奈央子がはっきり言った。そして、二人の視線が私に向けられた。私は逃げて空に飛び上がったものの矢に射抜かれて地に落ちた雉と同じだった。

「分かった。ぼくも手伝う」

静かでやわらかい笑みを浮かべて頷いた芳子は「先に休ませてもらうわ」と言い、葬祭壇の横にある扉から出て行った。

奈央子が呟くように言った。

「奥様も辛かった。だけど、孝史のこと、わかっていない。あたたかい人。そして、とても、とっても寂しい人なのに」

私は谷口の遺影を見上げた。照れくさそうに笑っているようだ。

芳子が十数年前からついさっきまで、谷口にしたり、言ったりしたことが思い出された。ふいに芳子が可哀想で仕方なくなった。そして、「同類だものね」と芳子に言われて「はい」と答え、芳子が居なくなってから谷口をかばった奈央子を盗み見た。

私は遣る瀬無くなってきた。谷口の遺影を睨みつけ、「おまえ、大切な人たちの人生を振り回したんだ。何もかも半端にしてさっさと逝ってしまって。それでも笑っている場合か」と口を尖らせた。しかし、言えたのはそこまでだった。

「奈央子さん、私、外の空気に当たってきます」

幾度と無く耳にした奈央子の「はい」と答える素直な声が濡れていた。「谷口をお願いします」と言うと、「はい」と答えた奈央子は解き放たれたように葬祭壇へ走り寄った。そして、身を投げ出して棺にすがりついた。小窓を覗き込んだ彼女のかすれた嗚咽があたり憚ることなく烈しくなってゆく。

私は観音開きの扉の右側を閉め、もう一つの扉の取っ手を握り締めたまま、棺の蓋を持ち上げる奈央子の後ろ姿を見た。そのとき、葬祭壇の両脇に飾られている金色の蓮華が目に飛び込んだ。

私は洩れそうで洩れてこないため息を呑み込み、表情を消したさっきの芳子の姿を思い出した。そして、軋む音を立てて抵抗してくる扉を押し込みながら「やれやれ、何で死んでしまうんだよ。生きていればこその話だろうが」と言い、腹立たしい思いと一緒に葬祭場の扉を隙間なく閉め切った。

ひんやりした朝

体がひんやりして雅子は目が覚めた。

天井にはまだ夜が張り付いている。カーテンの隙間から暗い光が差し込んでいる。壁にある時計の短針と長針が重なり合っている。五時半少し前だった。体が熱っぽくてだるい。水飴になってベッドから垂れ落ちてしまいそうだ。

夫のベッドは毛布がめくられていた。シーツの皺が陰を生み、石を投げ込まれて生まれた水紋のようだ。

「早起きなんだから」と力の無い声を洩らし、雅子は大きく伸びをしてから起き上がった。夢の残像が漂ってきた。頭を烈しく振り、おぞましい夢のかけらを撒き散らした。

寝室の扉を開けると倦怠感のある体にコーヒーの香りが沁み込んでくる。

リビングルームに入る。「おはよ」とできるだけ朗らかに言う。「ああ、おはよう」と返してくれた夫は振り向いてくれない。

デパートに勤務する夫はどんなに不機嫌でも朝の挨拶だけは欠かさない。そして、朝の夫はいつでも不機嫌そのものだ。

「いい匂い」

「フン」と夫の鼻先が鳴った。

テーブルには新聞が手付かずで置いてある。今読んでいるのは日経流通新聞だ。

「わたしのは……あるの？」

一回り年上の夫が新聞から顔を上げた。低い鼻先に老眼鏡が引っかかっている。充血した目が雅子に静止する。

「ある？」

夫は無言のまま新聞に顔を戻した。雅子はたばこの煙みたいにため息を吐き出し、オープンキッチンに入った。

デカンタにコーヒーがたっぷり残されている。「ふ〜ん」と無言で笑った。そして胃のあたりに手を当て、宥めるように撫でた。

マグカップにコーヒーを注ぎながら言った。

「ごめんね、先に起きられなくて」

当たり前のように返事はこない。雅子は立ったまま一口飲んだ。薄くなり始めた夫の頭を見ながら、「おいしい。あなたの淹れてくれたコーヒー」と言ってみる。

やはり無視される。春の日差しのように温かい、そして眩しい言葉なんかかけてくれない。こんな無愛想な夫がどうしてデパートに勤めていられるのだろう。

「お仕事、がんばって、くれているもんね」

夫が眼鏡を外し、目の前に座った雅子を見据えた。

「おまえなんかに、分かってたまるか」

「はい」

「それがおれの義務だ」

「ありがと」

「おまえらのためにだ」

「はい」

雅子はマグカップの中のコーヒーを揺らしながらどうしようかと考える。するとひと月ほど前にぽつんと洩らした夫の言葉が蘇った。

「おれは、肩叩きを何とか、かわしているんだ」

夫はテーブルの上にあった日本経済新聞を広げた。

今日こそ言ってしまおう。雅子はぬるくなったコーヒーをすすり飲んだ。今朝は胃の上部が呻いた。その辺りを宥め励ますようにやわらかく押しやった。

「ねえ、聞いて」

夫が新聞に顔を近づけた。雅子は諦めた。

「おとといね、行ったの。あなたのデパート」

眼鏡越しに見上げて「なんで?」と言った夫の眼差しが雅子を咎めている。

「お中元」

夫は突っ張っていた肩をゆるめて「そうか」と言った。「フン」という鼻息と一緒に突き出した夫の下唇が割れて白茶けている。

ずいぶん荒れているねとは言わずに雅子は「見ちゃった」と笑った。新聞に目を戻した夫は「なにを?」と興味無さそうに言った。

「金魚売り場にね……いた人」

夫は無言のままだ。

「誰かと思っちゃった」

寂しい背中だった。こんなに老けてと思わず固唾をのんで眺めたことは言えない。

「声、掛けにくくてね」

「フン」とまた鼻先で返した夫は音高く新聞をめくった。

「へえ、金魚なんだ、って思った」

「ばか。昼休みの時間潰しだ」

「そうか、そうだよね」

夫の肩に手を当てて労わりたいと思ったがやめた。忌々しげに振り払われるに違いない。

「買おうか、あの金魚。じっと見てた、あの赤い金魚」

「ばか！」

「可愛いじゃない」

友人の何人かが泣き泣き夫の浮気を許し、高校の時の親友の一人は夫の前で女と修羅場を演じたあと離婚した。夫もたぶん一度だけ雅子を裏切った。しかし、雅子は知らん振りをし、夫は程なく女と別れた。息子はメガバンクに入り、結婚して今はニューヨーク支店にいる。孫はまだ生まれない。娘は京都の大学の四年生だ。とにもかくにも今は波風の無い平穏無事な家庭だ。

波風は雅子の中でひっそり起こり、荒々しくなり始めている。

「ありがと、あなた」

「なにが？」

「たいへんだなって」

「あたりまえだ」

雅子はコーヒーをすすった。冷めて苦くなっていた。

指で眼鏡をずり上げながら夫は活字を追っている。無口は承知しているが今朝は少し腹立たしい。伝えなければならないことがある。

「ねえっ、たら」

「あん？」

「あのね」

「なんだよ」

夫は新聞を投げ出した。眼鏡の中の細い目が珍しく真っ直ぐに雅子に向いた。

「ええっとね」

「だから、なんだ」

「あのね、ちょっといいかな」

「だから、なんだよ」

雅子は目を伏せ、細いため息を洩らした。

「あのね、クローゼットの蛍光灯」

「切れたのか」

「おおあたりい」

「ばか」

「換えてくれる？」

夫は無言で立ちあがり、物置から低い脚立と蛍光管を持って来た。そして、雅子の待つクローゼットルームの前に立った。雅子が照明のスイッチを入れる。蛍光管が一本音を立てて点滅し始めた。

折りたたみ式のクローゼットの扉は開け放しだった。昨日は収納してある服や帽子、そしてバッグや装飾品などを手に取って眺めていた。思い出深い服を次から次へと身に着けて鏡の前にも立った。

脚立の上に立って雅子から蛍光管を受け取る刹那、夫がクローゼットの中に目を走らせた。雅子はひやりとした。夫の何倍もの服がある。しかし、夫は何も言わず、四本の蛍光管を全部取り換えた。夫らしいやり方だった。

部屋が眩しいほど明るくなった。明るすぎる診察室で医師がゆっくりと言葉を継いでゆく分厚い唇が目の前をよぎる。

夫は脚立をたたんで脇に抱え、ハンガーに吊り下げられた雅子の服を横目に見た。

「衣裳持ちだな」

「ありがと」

「誉めたんじゃない」

「分かってる」

「うちで買ったんだろうな」

「うん」

嘘だ。違う店で買ったものが大半だった。

焼き上がったばかりのトーストをテーブルに置いた。夫は広げていた新聞を半分にたたみ、記事を読みながら食べはじめた。

雅子は両手で頬杖を突いて夫を見た。

夫の足音、夫の眼差し、夫の声の調子などで胸が冷たく動悸し、呼吸が早くなり、息が苦しくなってトイレに逃げ込んだことは数知れなかった。夫の暴力に耐えて暮らしている親友の一人が「夫ストレス、夫源病だよ、それって」と悲しく笑った。そうと知ってから雅子は夫への接し方がちょっとだけ変わり、小さな芝居を打てるようになった。

いつのまにか夫の表情が変わっている。出勤モードに入ったのだ。毎朝のことながら、あれあれと思う変わりようだ。門を出たら違う夫になるのだろうと思い、金魚の水槽に見入っていたあの背中を思い出した。

私って、家族のこと、ちゃんと知っているのかしら。この人も、私のこと。

玄関の上がりかまちに立ち、鞄を置いた夫は手に靴べらを握り、お好みのリーガルに足を差し入れた。昨夜、念入りに磨き上げておいた。

「ぴかぴかでしょ?」

「ああ」

「ありがとうは?」

「ばか」

雅子が差し出した夫の鞄は今日も重かった。金塊でも隠し持っているかと思うほどだが、システム手帳や文房具、それに文庫本が入っている。しかし、金塊に等しいかもしれない書類がその中身の大半だった。

結婚したての頃には、私の作った弁当しか入っていなかったんだ。

ふいに涙が滲んでくる。涙声にならないよう雅子は「いってらっしゃい」と急いで言った。背を向けたまま夫は右手を上げただけだ。

思い立って夫を追った雅子は道に出た。そして、「いってらっしゃい」と繰り返した。振り返った夫はびっくりした顔をみせ、小声で「行ってきます」と言った。隣近所の目を気にしている。雅子はおかしくなって笑ってしまう。夫はくるりと背を向けて足を速めた。角を曲がる時、夫が雅子に顔を向けた。「ばか」と口が動いたようだった。

コンビニの仕事は休みだった。そんな日は、いつもなら街へ出たり、何人もの友人知人に会ったりするのに、雅子は終日家にいてアルバムを見た。自分の歴史がそして家族の歴史の一瞬が生き生きと切り取られ、年表のように並んでいる。アルバムに貼られていない記憶がいくらでも湧き出てきた。

短歌教室の資料をめくった。泡のように湧き出ては消える思いが、抑えつけられて渦を巻く心模様が、叶うはずもない夢想が、そして、家族の日々の生き様が雅子の創ってきたどの短歌に滲み出ている。

祐美が京都へ巣立ち、夜遅くまで夫の帰宅を待つ身となって三年半になる。本気で取り組めるようになった水彩画や短歌の仲間たちと過ごしてきた豊かな日々がとめどなく思い出された。洗濯機を回し、ベッドを整え、掃除機をかけ、重い疲れを感じた雅子はソファに横になった。ウトウトしながらもランダムに浮かび上がる自問自答で頭は忙(せわ)しく活動する。身を起こした雅子は硬い顔をしてスマホを開いた。涙で画面がかすみ、何度も手を止め、また動かした。

心の内を素直に綴った長いメールは送信されずに消去された。

昨夜の残り物で昼を済ませた。傷んだ胃なのに食欲を拒まない。食卓を片付けもせずに物思いにふけっていると、エプロンのポケットでスマホが着信を知らせる。

画面に表示された名前はさっき書いたメールの送信相手だった。短歌教室が終わった後、みんなでお茶をしている時、雅子の話に耳を傾けてくれた人だった。雅子の様子を案じて病院に行くよう何度も説得してくれた教室の古参の男だった。

スマホを手のひらに包んで雅子はその名を見詰めたままだ。なかなか途切れなかった着信音がプツンと切れた。部屋の四隅から静寂音が聞えてきた。

縁が切れるってこういう感じなんだ。

十日ほど前に癌を告知された。朝の光があふれて明るい診察室がそして噛み砕いて言葉をつなぐ医師の低い声が蘇ってくる。

雅子の手の中でスマホが鳴動する。ビクっと身を縮める。開いてみると彼からのメールだった。〈昨夜のメール、まさかそこまでっていう話だった。辛いね〉から始まる長いメール文には、さり気ない言葉を選びながら雅子への思い遣りが綴られており、その行間には何もできない無念さが滲み出ていた。

逢いたい。夫より年上の、むしろ父に近い彼の大きくて温かな手のひらで、怖くて、不安で、悔しい心の背中を撫でて欲しい。

市民公園の池の前に建つ裸婦のブロンズ像がまぶたの裏に浮かぶ。右足を踏み出したまま永遠に動かない。動けない。

ためらいながらメールの画面を閉じ、雅子は潤む目を拭って立ち上がった。

窓を開けてホワイトグレーになった空を見上げた。そして、空中を飛び交う電波に乗せるように、「ありがとう、のぶひろさん」と初めて姓ではなくその名を呼んだ。そして「でもね」と言いかけた先の言葉は声にならない。

雅子はソファに腰を下ろして考えた。知られて恥じるような関係ではなかった。とはいえ夫にでも知られれば憶測を生むだけだ。

雅子は彼のメールを、そして彼へのメールを一通一通読み返して消去し、電話の受発信記録も削除した。

軽くなってしまったスマホをソファに置いた。しかし、手に取りたい。雅子はスマホから逸らした濡れた目をきつく閉じた。

こぼれた涙を拭った雅子は壁に掛かる自分が描いた絵を見た。

椅子に座る女が頬に手を添えて真正面から雅子を眺めている。微笑みも無く、動く事も無く、声を出す事も無く、水彩画の女はこの部屋を、この部屋で起こる出来事を、この部屋で過ごす家族を眺めている。

こういう女になってしまうのだ。

チャイムの音がした。あふれてくる思いを吹っ切り、雅子は小走りで部屋を出た。

「お帰りなさい」

夫は濡れた傘を杖にして靴を脱いだ。

「あら、雨？」

「知らないのか。何してたんだ」

「えへへ」と笑った雅子が傘をたたんで下駄箱にかけた時、夫の体がぐらりとした。雅子はあわてて夫の腕をたぐった。

「こんなに、酔って。体によくないよ」

ひと言も答えないまま夫は千鳥足で廊下を歩いた。部屋に入ると脱いだ上着を雅子に投げ渡し、どさっと音を立ててソファに腰を下ろした。

このソファは私そのものだ。私はひたすら受け止めてきた。この人って、これから先、どうなるんだろう。

「あしたは、やっぱり、雨かな」と言い、夫はテレビのニュース番組を探した。

雅子が水を持ってきた。夫はグラスを揺すり、氷のぶつかる音に目を細め、一気に飲み干した。「もう一杯」と差し出されたグラスを「はい」と言って丸盆に受けた雅子の目尻はもう微笑んでいる。

水を足したグラスの中で涼しげに透けている氷の欠片が雅子の目を刺す。

ひびは入っていても氷は割れない。これってわたしたち夫婦みたい。

NHKの天気予報を見ていた夫はため息を洩らし、半分ほど飲み残したグラスをテーブルに置いた。それを見て深呼吸した雅子は絨毯の上に正座した。洗濯物をたたむにも正座する雅子だが、今は端整な姿の中に決意が青光っていた。

「お話ししたいの。ちょっと、いい？」

夫が酔いで重くなったまぶたを押し上げた。その視線はさりげなく雅子から逸れ、テレビに向けられた。雅子はため息をついた。

「あなた、いつだって、忙しいのね」

「仕事だ」

「大事な、大事な、お仕事なのよね」

咎めるような言い方になってしまった。そういう言い方をしない雅子だった。夫はテレビの電源を切り、不満そうに空咳をした。

「何か、話？」

雅子は押し黙ったままだった。夫は水滴に包まれたグラスを唇に押し当てた。喉仏が生々しく動いた。雅子は重い声で「晴れるといいね」と言った。そして「ゴルフなんでしょ？」と続けた雅子の声はふだんの雰囲気に戻っていた。

「降ったっていいさ」

「上杉さんに責められるよ、雨男だって」

上杉は大学の頃からの夫の親友だった。

「あいつはそうやっておれを小馬鹿にする」

雅子は細い指でうなじの乱れ毛に触れた。そして、髪を後ろに束ねていたゴムバンドを外した。かすかな音を立てて髪が崩れ、うつむいた雅子の顔を隠した。

水彩画の女のように髪を手で払って夫を見上げた。口もとに笑みを浮かべてから、雅子はゆったりと、そして静かに言った。

「癌なんだって」

「ん？」と言って目をすがめた夫はグラスをテーブルに置いて問い返した。

「頑張れだって？」

「あなたも連れてくるように、って」

「いま、なんて言った？」

雅子は微笑み、小首を傾げてみせた。

「もしかして、癌、とか、言った？」

「主人、忙しいからって、一人で行った」

夫の口から「アッ」と言葉が飛び出した。「嘘だろ」と言った声は小さかった。

夫はワイシャツのポケットをまさぐった。タバコはなかった。半年ほど前、肺癌になりたくないと言ってやめた。

「何の癌だっていうの」

「胃癌。進行性なんだって」

「進行性？」

「余命がね」

「余命？」

「三か月、長くても半年だって」

雅子の声はあくまで静かだった。夫は口を半開きにしたまま固まった。

雅子がまた微笑んだ。

「なんちゃってね、って」

夫は肩の力が抜けたように「なんだよ」と言ってグラスに手を伸ばした。

「初めてだな。雅子の悪い冗談」

「ほんとうのことよ」

氷だけで水は残っていなかった。グラスを見つめた夫の目が暗くなった。聞くともなく「三か月？」とかすれた声で呟き、夫はグラスの底に残る水をすすり飲んだ。そして「それも、冗談？」と言って顔を上げた。

「もう手遅れ」

グラスを持つ夫の手が宙に釘付けになる。顔が蒼白になる。

「どこの病院？　良い大学病院、探すから」

「いいの。間違いないもの」

「なんでおれに話さなかった」

「ひとりで聞きたかったの」

「なんでもっと早く気がつかないんだ」

雅子はふっと笑った。

あなたは気がつかなかったのよね、という言葉はまた胸の中で霧となって消えた。

咳がなかなか止まらない雅子の異変に気付き、案じてくれたのは彼だけだった。肺をＣＴ検査したら胃の上部に白い影が見つかった。食欲は落ちないし、胃に違和感はなかった。しかし胃カメラがステージⅣの癌を見つけた。告知された時に肝臓への転移もあるようだと言われた。

「あなた、忙しそうだったし、たいしたことないと思っていたし」

家庭で起こる事柄は雅子が対処してきた。夫には事後報告だけだった。そして、叱られたり、誉められたり、侮蔑されたりした。

「一人で行ったからかしらね、先生、言い渋っていたけど」

沈黙した二人を静寂が包み込んだ。

「わたしの体のことです。大丈夫だからって、先生に迫ったの」

グラスを強く握る夫の手を見詰めた。わたしを案じているのかしら。自分のこの先を思っているのかしら。

「これからのことだが」

夫の声は事務的な気配を纏っていた。しかし、湿っていた。

「今まで通りでいいの。でも、パートのお仕事、辞めるね」

「入院して、治療しないと」

「普通でいたいの。最期まで」

「いや、それよりさ」

「いろんなことしたいの。やっておきたいの。もう手術もできないんだし」

雅子の澄んだ声が氷のようだった。

夫が頭を重く垂らして立ち上がり、玄関ホールに出た。「ゴルフには行けなくなったんだ。すまないな」と言う声がした。遠慮のない嫌味を返されたに違いない。「風邪っぽいから」と弁解している。

この十日ほど、ひとりその事実を胸の奥に抱え、思いを巡らせながら家事を仕事をこなしてきた。隠し事が苦手な雅子は肩の荷が下りたと感じた。

その夜、雅子のベッドに夫が入ってきた。夫は雅子の手を握り、背中を撫でて「痩せていたんだ」と呻いた。

今ごろ気がついた。しかし、雅子は咎める気持ちを四角に折り畳んで胸の中にしまいこんだ。

夫はガラスの人形でも抱くように雅子を抱き寄せた。雅子は夫の胸に顔を埋めた。夫の心臓が規則正しい音を発している。どこにも持っていきようのない悔しくて恨みがましい気持ちが雅子の心に渦を巻いた。

目が覚めると烈しい雨の音が耳に入った。

「やっぱり雨か」と呟いた雅子は隣のベッドを見た。夫の姿は今朝もなかった。

雅子はベッドの上で伸びをした。昨日の朝のような、ひんやりした寒さも、熱っぽさも、気だるさも薄かった。

ソファに座っている夫に「おはよう」と言い、雅子に振り向いてくれた。目がしょぼついている。吐き出したたばこの煙が夫の顔を包む。煙の向こうに隠れたがっているようだ。

どこかにたばこが隠してあったのだと知った雅子は苦笑いした。そして、吸いたくなるほど辛い思いをさせたのだと思った。

冷蔵庫の扉を開ける。蛇口をひねる。音を立ててほとばしる水が複雑な気持ちを洗い流してすがすがしい。

卵を溶いている雅子を盗み見しながら夫は洗面室に入った。

雅子の口からハミングが弾き出されてきた。「ピンクレディ」のメドレーだ。そこへフライパンを振る音がリズミカルに割り込んだ。

ダイニングルームには雨の音とともに光が薄く差し込んでいる。テーブルに置かれた新聞を開きながら、夫がほの暗い外を見やり、その色に染まった目を返してオープンキッチンの中を滑らかに動き回る雅子の姿を追ってくる。新聞をたたむ音がし、「仕事で起こるトラブルだったら、何とか手はあるのに」と呟く夫の声とため息を雅子は聞き逃さなかった。

料理がテーブルに並んだ。ふんわり焼き上げたスクランブルエッグとベーコン、赤と緑の彩りが鮮やかなサラダ、そして狐色にトーストされた食パンが香ばしい匂いを漂わせる。

「こんなときにも、食欲っていうのはあるんだな」と言いながら夫が手を伸ばした。「そう、生きてる限りはね」と答えた雅子は自分の言葉に顔を曇らせ、胃の辺りを軽く押さえながらマグカップを差し出した。

「わたしね、とてもよく眠れたよ」

「そうか」と言い、夫はコーヒーを口に含んだ。そして、苦そうな顔をした。

「久しぶりだったの。嬉しくなっちゃった」

夫はパンをちぎりながら椅子に座った雅子にさりげなく言った。

「まだ、だよな?」

「うん?」

「祐美たちには」

雅子は「ふうっ」とため息をつき、「まだよ、だって、あなたが先だもの」と答えた。「おれから話すよ」と言った夫の声が少し震えた。雅子は包み持ったマグカップの中に息を吹きかけながら「いいの。わたしが、きちんと話すから」と自分に命令するように答えた。

「そう。うん、そうだな。それがいいかもな」

食事が終わり、新聞も読み終えた夫が手持ち無沙汰にあたりを見まわした。そして、たばこに火をつけ、揺らめきながら上る煙を天井まで目で追った。

「たばこ、買ってくる」と言って立ち上がった夫に、雅子は「ゆっくりしてきていいのよ」と頷いた。

コンビニあたりで時間を潰してきたらしい夫がリビングルームのドアを開けた時、祐美の涙まじりの低い声がスマホの中で叫んだ。

「だって、ママ、まだ四十七歳でしょ！」

雅子は唇を噛んでから静かに言った。

「ちょっとだけ、早いかもしれないけど」

「そんなのって！」

「しかたないの」

「しかたなくない！」

「神様が決めたことだから」

祐美が神を罵った。だが喉と鼻を涙に塞がれてうまく言葉になっていない。切れ切れな祐美のすすり泣きが止まらない。

「あした、絶対、帰る」

「急がなくていいのよ」と言う雅子の言葉は届かずに通話が切れた。スマホをじっと見つめる雅子のまぶたが濡れてくる。

立ち上がって「お帰りなさい」と振り返った雅子の声は冷静だった。しかし顔は蒼白だった。

「大丈夫よ、心配ないから」と口もとに笑みを浮かべたが、雅子は崩れ落ちるようにソファに腰を下ろし、ひじ掛けに体を倒した。

夫がガラス戸を全開にした。そして「芳雄にはおれが連絡しておく」と言い切った。

雨は上がっていた。濡れた、しかし爽やか空気が流れ込んだ。まぶしい光を返し、水滴がアジサイの葉先からしたたり落ちている。たっぷりと水を含んだ土が焦げ茶色に変わっている。小憎らしいほど濃い雑草の緑が奇妙なほど初々しい。雲の切れ目に広がる青い空が梅雨時とは思えないほど清々しい。昨夜から今の今まで、この家の中で起きた出来事は全部嘘だったと言わんばかりの明るい世界がそこにあった。

「時間が大切よね」

自分で言っていながら「時間」という言葉が心に突き刺さった。夫は「うん」としか言わなかった。「掃除してくるね」と言い残して雅子は部屋を出た。

二人は言葉少なに軽いランチをし、早めの夕食を取った。雅子は湯呑み茶碗の中に息を吹きかけ、猫舌でその温度を探っている。いつものことなのだが、その仕草を愛おしそうに眺めていた夫が訊ねた。

「絵の発表会って、いつだっけ」

「あら、覚えていてくれたの？」

「覚えているよ」

雅子はふっと笑った。夫は絵にも短歌にも無関心だった。

「来週の金曜日から。中野駅の近くよ」

「行くよ」

「じゃ、みんなに自慢しようっと」

喜んだ声ではあったが、その裏にはひんやりした翳りがあった。雅子はぬるくなった茶をすすり飲んでから言った。

「あのね」

「ん？」

「ゴルフも接待も、もちろん毎日の仕事もだけど、控えるのって、やめて欲しいのね」

「でも」

「でも、はないの」

「だけど」

「わたしもふだん通りにするんだから」

自分に念を押すように雅子は「ふだん通りに、ね」と繰り返して言った。

「家族旅行くらいは」

「ああ、そうね、しばらくしていないし」

「体、行けそう？」

「行きたい」

「どこに？」

「そうねぇ。迷うな」

「何回だって、行っていいんだから」

「そう？　じゃ、あなたに任せる」

そういうことはすべて自分で決めてきた雅子だった。

夫がほっとした息遣いで「じゃ、計画立てるから」と言った。雅子は「いい思い出になるよね」

とまた自分から痛い言葉を言ってしまった。

その夜も夫は雅子のベッドに入った。そして「いい？」と雅子の耳もとにささやいた。雅子は悲しくなった。抱いてほしいのは体ではなかった。

「ごめん、体、つらいから」

「そうだな。悪かった」と言った夫は雅子の髪をやわらかく梳いた。指に妻を覚えさせておくようにという感触があった。

「あなた、再婚してね」

不意を突かれた夫が言葉に詰まった。

「遠慮しないでいいんだから」

有無を言わせない力があった。

「雅子、そこまで無理しなくても」

「これで、わたし、ふつうなの」

夫が音もなく枕の上に仰向いた。そして、万策尽きたとでもいうように深いため息を漏らした。

「知らなかったのね、こういう私だ、ってこと」

涙が滲んできた。堰を切って溢れ出た。そのまま止まらなくなった。

「なんでわたしなの？　頑張ってきたじゃない」

半身を起こした雅子の指先が布団をかきむしった。

「バチが当たったわけ？　悪いことなんか、何もしてないのよ。なんでよ」

夫の手が雅子の手を押し包んだ。それはひんやりした手だった。

雅子はベッドを下りてカーテンを引き開け、窓に両手と額を押し当てた。

眉のような月があった。涙を拭う娘の祐美が見えた。寡黙で心の内を話さない息子芳雄の困惑した顔が見えた。そしてのぶひろの姿が見えた。

「雅子」と呼ぶ夫の声がした。

夫の気配が背に重い。雅子は目を閉じた。右足を踏み出したまま動かない、動けないブロンズ像の裸婦がまぶたの裏に見える。

歌集を遺そう。私の心の襞を理解してくれるのぶひろさんと一緒に歌を選ぼう。

雅子は濡れた目を開けた。涙に滲んで輝く細い月に音も無く雲が擦り寄っている。

あとがき

大学二年の春、文学部の同級生から同人誌立ち上げに誘われて初めて小説を書いた。実存主義思想が台頭し、社会観や人間観そして価値観の大変動が起こり、世界各地で若者たちが蜂起し、大江健三郎が一世を風靡していた頃だった。それらを生齧りにし、初めて書いた作品は当然のことながら情けない出来であり、文才は無いと自ら断じて即座に筆を折ってしまった。

卒業してからは、私も団塊世代特有の仕事一途の人生を歩んだ。その三十年ほど、創作活動は全くせず、気分転換をはかるためにサスペンスや歴史小説を流し読みするだけだった。

１９９９年に妻が急逝し、それを契機に高校生の頃少しばかり創っていた短歌を五十一歳で再開した。そして東京の短歌教室で出会った方から背中を押され、２００４年から小説を書き始めた。

思い立って前橋市にある「クレーン」同人となって作品を発表するようになったが、自分の力はどの程度なのかを知りたいために、２００７年から上毛新聞社の企画する作品募集にチャレンジした。

幸いにして幾つもの作品が新聞に掲載され、選者の批評をいただいた結果、自分の不足や欠点をいくつも思い知ることになった。

縁あって広島県の「ふくやま文学」の会員となり、ふたつの同人誌の方々と切磋琢磨することになったが、創作上の基本が身についていないという不安が昂じた結果、2010年に東京池袋にあった「小説講座」へ入会した。

月二回の講座では毎回与えられた課題で十枚程度の作品を書くことになり、事細かなそして丁寧な添削と批評をいただいた。生徒たちの提出した十編近くの物語は文体も個性的であり、内容も多彩であり、私に新鮮な刺激を与えてくれた。

何よりも嬉しかったことは、これまで全く意識してこなかったし、知ることもなかった小説を書く手法、創作する上で大切な描写の仕方、物語の組み立て方、人物の描き方、生き生きとした会話の作り方、地となる説明文の簡潔な書き方などを学べたことだった。

しかし、数年後に小説講座の先生が突然に逝去された。そのショックは大きいものがあった。期間は短かったが、先生の指導が今の私の小説の基軸となっていることは間違いない。

小説の仲間たちから、どうして小説まで書くのか、短歌がすでに短編小説になっているのではないかなどと問われることもあった。私はその問いに驚き、上手く答えられずにいた。今は短詩型であるがゆえに「私」の情と念が相手の心へ鮮明に真っ直ぐに伝えられるからと思っている。そして、何人もの人物が登場して関わり合う物語だからこそ伝えられる人間観や人生観が小説では描きうると考えている。この二つの自己表現ツールを持ちえたことは心底から幸いだと思っている。

小説を書き続けることは巨大なエネルギーを要するが、書きたいことはまだあり、また新しく出てくると思うので、心身に力のある限り、新しい作品を生み出してゆきたいと考えている。

作品集はいずれ出そうと思っていたが、古稀を超えた頃から本気になり、過去の作品の中から選んだ十四編をようやく一冊の本にすることができた。制作順に並べたので長短入り乱れているが、私の創作上のさまざまが垣間見えていると思っている。

こうして過去を振り返ると、小説を書くという世界へ私を誘ってくれた故井上良子さんには心からの謝意と共にこの一冊を捧げたい。

そして、私を鍛えてくださった上毛新聞の選者であった「猿」の故森猛先生、小説講座の講師であった故後木砂男先生、ペンネームで言えば岡本敬三先生に心からの謝恩の思いをお届けしたい。また「クレーン」の和田伸一郎さん、「ふくやま文学」の中山茅集子さんをはじめとして多くの方々から良き批評を得たこと、さらには勝手にお送りする私の作品を読んで感想批評を送ってくださった方々から創作意欲を刺激され、維持させてもらえたことを深謝したい。

最後に、私の無理を受け入れてくださった上毛新聞社出版部の一倉基益さんをはじめとするスタッフの方々に御礼申し上げたい。

平成三十年冬

もろ　ひろし

初出一覧

作品	初出	受賞
カルピスの味	「上毛新聞」２００７年３月	上毛文学賞
駄々っ子	「上毛新聞」２００７年３月	掌編小説年間賞佳作
尾行	「上毛新聞」２００７年５月	
ママの外出	「上毛新聞」２００７年12月	
ダニーとその仲間たち	「クレーン」２００８年１月	
スカイラインの男	「上毛新聞」２００９年３月	掌編小説年間最優秀賞
いるだけでいい	「上毛新聞」２００９年７月	
遺骨	「文芸せたがや」２０１１年３月	世田谷文学賞第３席入選
雨、雨、降れ、降れ	「クレーン」２０１３年１月	
スカイツリー	未発表作　２０１３年８月	
日月堂のアンパン	「ふくやま文学」２０１５年３月	群馬県文学賞
大雪に閉じ込められた一日	「ふくやま文学」２０１６年３月	
通夜	「ふくやま文学」２０１７年３月	
ひんやりした朝	「ふくやま文学」２０１８年３月	

著者紹介

もろ　ひろし

1947年、群馬県小泉町（現大泉町）に生まれる。1999年、短歌創作を始める。2001年、東京の短歌結社「氷原」に入会。2004年、小説を書き始める。2006年、群馬県の文学同人誌「クレーン」に入会。「氷原」を脱退し東京で「韻の会」設立に参加。第一歌集『ゼロ地点』（筆名相良峻）を上梓。2008年、群馬県の「ＨＡＮＩ（埴）短歌会」に入会。2009年、広島県の文学同人誌「ふくやま文学」に入会。2010年、池袋コミュニティカレッジ小説講座に入会。2014年、第二歌集『光る冬闇』を上梓。2017年、「韻の会」が解散、短歌同人誌「汀花」創立に参加。2018年、毎日文化センター「短歌実作教室」の講師に就任。

短編小説集　ひんやりした朝

2018年12月25日発行

著者　もろ ひろし
〒370-0522　邑楽郡大泉町富士3-20-19

制作　上毛新聞社事業局出版部
〒371-8666　前橋市古市町1-50-21
TEL 027-254-9966